스콜

전호석
1989년 서울에서 태어났다.
2019년 『현대시』를 통해 시인으로 등단했다.
시집 『스콜』을 썼다.

파란시선 0129 스콜

1판 1쇄 펴낸날 2023년 7월 20일
지은이 전호석
디자인 최선영
인쇄인 (주)두경 정지오
펴낸이 채상우
펴낸곳 (주)함께하는출판그룹파란
등록번호 제2015-000068호
등록일자 2015년 9월 15일
주소 (10387) 경기도 고양시 일산서구 중앙로 1455 대우시티프라자 B1 202-1호
전화 031-919-4288
팩스 031-919-4287
모바일팩스 0504-441-3439
이메일 bookparan2015@hanmail.net

ISBN 979-11-91897-58-6 03810

값 12,000원

스콜

전호석 시집

시인의 말

사람이 떠난 하얀 담장 빛 받아 눈부시다

이미 죽은 사람들과 유명무실한 존재들

웅덩이가 넓어지고 덩굴이 담장을 덮어 간다

나는 한적한 사관이고 버섯이 자라나는 그늘에 갇혀 있다

차례

제3부

제4부

제5부

해설

제1부

학림

이 거리에는 동상이 참 많습니다
검은 몸 위에 빗물 자국이 가득한데요
나무들이 자라나는 동안
동상은 동상이고
낡는 것과 자라는 것 사이에서
나는 고민하고 있습니다 의자에 앉아서 벤치
죽은 나무로 만든 기호 위에서
사람들 이야기를 훔쳐 들었는데요
새 지저귀는 소리도 듣고
우는 사람의 하소연 같은 것들에 귀 기울여 보았습니다
분수 앞에서 고민하고
새파란 잎이 떨어져 있습니다
구름이 박힌 하늘은
움직이고 있을까요 무엇이
낡아 가는 것일까요 무엇이
우리를 자라나게 하나요
나는 시간이 많고
괘종시계와 손목시계의 일 초는 같아요
그런 것들이
그런 것들이 오늘은 잘 보였고

하면 할수록 알 수 없는
기다리기
각질이 떨어지고
마음 한곳에 사라지지 않는 겨울을 두고
눈사람을 만들고 녹였습니다
눈사람과 동상은 만들어지고 사라지는 거
둘 다 찰나일까요
가르침 같은 것이 필요하다고 나는 강박합니다
어깨에 묻은 새똥을 모르고
그런 것은 신경 쓰지도 않고
시간이 조금 더 있었으면
많이 달라지지 않았을까……
쉽게 말하고
사는 일은 어렵네요
지폐 한 장 얻기가 쉽지 않은데
세계는 풍요롭고
동상은 번들거려요
하늘에서 내리는 모든 낱알들을 눈이라고 불러 봅니다
내 몸을 조각하는
내 몸

당신은 혼돈이 아닙니다
위태롭지도 않습니다
음영은 어디에나 있고
입체를 느끼게 하고
나는 특별하다고 믿는 정신이 당신을 뻔하게 만들고
신기한 이야기를 찾을 수 없어서
가만히 있어 보려고

capital

손을 흔든다
그림자는 나를 향해 손을 흔든다

꽃무늬 그림자가 도망친다
나는 붙들려 따라간다

돈은 밟아도 밟아도 돈인데
새까매진 목련 잎

노을이 쏟아지는 작은 창
우리는 화를 내다가 웃는다
편한 옷을 입었다

식물을 키울 수 없는 집
냄새나는 방이 하나
우리는 둘 혹은 셋
샛노랗다……

우리 그만할까
아니 왜?

그런 말은 하지 마
그럼 무슨 말을 해야 할까

우리는 밖으로 나간다 빌딩들 멀리서 황금색으로 빛난다

천변에 앉는다
아무것도 아닌 우리를
아무것도 아닌 사람들이 지나친다
너무 많은 사람들
그동안 풀이 흔들린다, 하청업자들이 심어 놓은 풀들

새까매질 때까지 서로 기댄다

팔판동

편의점 앞 플라스틱 탁자에 둘러앉아
우리는 생일 파티를 한다
촛불이 누웠다 일어서는 동안
개 짖는 소리
회오리가 낙엽을 그러모은다
유리문이 열린다 작은 종이 울리고
담배를 쥐고 걸어 나온 사람은
플라스틱 탁자의 얼룩을 잠시 바라본다
일행이 하나둘 도착한다
나는 고깔모자의 부재를 생각하며
유치한 짓을 하지 않아 다행이라고
낯선 일행에게 소곤거린다
촛농이 케이크를 덮어 간다
눈이 먼 일행이
플라스틱 칼을 들고 일어선다
그는 추위로 몸을 떨며
입을 작게 벌려
무엇인가 중얼거린다
재봉선이 터진 인형처럼
하얗고 하늘거리는 것이 흘러나온다

일행은 끊임없이 늘어난다
골목 너머로 빈 캔이 굴러간다
모두들 서로의 이름을 떠올리는데
아무도 취하지 않았고
축하합니다
당신의 생일을 축하합니다
철 대문 너머에서 우리를 바라보는 눈동자
칼이 케이크를 파고든다
오늘은 여기 모인 누구의 생일도 아니다
벌려진 손 위로
머리가 새까맣게 탄 성냥이 떨어진다

특수효과 보고서

생간이 봉투에 담겨 있다
검붉다

소주를 따른다
잔에 김이 서린다

대낮의 샛노란 가래침

너는 못 먹는다니
나는……

수챗구멍에 음식물이 쌓여 간다
솟아오른 콩나물 줄기

너는 하지 않는 사람
사랑해
무서운 사람

머리카락을 치우는 동안
떨어지는 머리카락들

나는 돈 받고 일하지
좋은 사람들이야 내가 제일 나빠

그는 연락을 받지 않았고
몇 주 후에 자택에서 발견된다
문을 따고 들어가자, 널브러진 페트병과 책들

쓰레기를 정리하면서 친구들은

젓가락으로 집어
기름장에 찍어 먹는다

피사체

그녀는 연락이 없다
책상에 앉아 졸았다 고개를 주억거리다 눈을 뜬다

눈곱을 떼고
창문이 덜컹거리고 바람 맞아 축축하고

밤새 살아 있었다, 밤새

이름 없는 돌들은 돌들이고
이름 지어진 돌들은 돌이라고 부르지 마세요
그녀는 돌을 닦다가 조금 더 닦고는

나를 뿌리 근처에 심고
모이를 뿌리고 짹짹거리고
열린 가슴에 모여드는 까마귀들 깃털을 빗겨 주고

스쳐 지나가는 것들은 스스로 잘 살 것이라서
그렇게 믿는 수밖에 없어서 간이 쪼아 먹히는 동안
자비를 느낄 틈이 없다고 손을 모을 짬이 나지 않는다고

뜨거운 유리에 숨을 불어넣으면 전등이 되고
어쩌면 투명한 말이 된다 말은 허공에 발길질을 하다가 깨져 버려라

선풍기 돌아가는 소리
폭포 같다 물비린내가 진동하는데
그녀에게 폭포를
그녀는 렌즈를
카메라를 좋아한다 그녀는 거대한 카메라다
사람들 손목을 잡아 이리저리 세워 본다
햇빛이 뒤늦게 쇄도하고 모처럼 아름다워 보인다
모든 것들이, 나는 지워졌으면 좋겠는데
그녀는 도시 어디에서나 볼 수 있는 크기로……

스트레스를 받으면 머리카락을 뽑는다 기울어진 탑 꼭대기로 관광객들이 올라간다

답신이 없어서

식은 태양이 느긋하게 솟아나고
나는 걷기 시작합니다
쌓인 무가지가 펄럭거립니다

눈 내립니다

언 땅에
지난해 새겨진 신발 자국이 선명하고
내 마음에는
무엇도 남아 있지 않은데요

손등에 떨어진 눈
그 흔적을 유심히 살펴보는 동안

허공에서 주저하는 눈송이들
당신의 허락 없이
내가 저지른 마음

비둘기 둥지를 본 적 있습니까
희고 둥근 것도 그렇게 소름 끼칠 수 있습니다

강철처럼 무거운 구름들
입술을 벌리지 않아서
손가락을 두드리지 않아서
저는 대답을 들어야 합니다

왜 나를 허공에 놓아둡니까
왜 오늘 내리는 눈은 땅에 닿자마자 녹아 버립니까

봄이 오고 있는데요
저는 어디에서 멈춰야 합니까

잔다리로

구멍 크게 뚫린 거미줄
거미가 다리를 절며 도망친다

다시 해낼 수 있다고 생각해

카우보이모자를 쓴 노인이
나무 벤치에 앉아 있다
과연 그럴까

고통 실리콘 전염병 비상구
블록이 쌓이는 동안
흰색 봉투들이 단단히 묶여 있다

볕이 세다
연민 같은 거
마음이 그을린다
쓸모없는 걱정 같은 거

뻥 뚫린 구멍을 보면
나아질 줄 알았는데

나뭇가지에 붙은 거미줄이 바람에 날린다
못 떠나는 귀신처럼

낙엽과 시집과 집
모두 불에 잘 탑니다
아버지

좋은 차를 타고 나타난 사람이 말하길
이제 갑시다

낡고 푸른

들꽃 줄기
다닥다닥 진딧물
손가락에 달라붙는 터진 몸통

먼지 앉은 책
세로쓰기
한복 입은 여자
삽화
한자 제목
여긴 여름이고
잘 모르겠어

이렇게나 구름이 옅다니
비는 오지 않고
나는 적는 법을 몰라

이가 몽땅 빠지는 꿈
엄지로 노동맥을 살핀다
나는 언제나 두근거리네
잠을 잘 못 자서

전통 탈을 쓴 남자

삽화

탈을 벗는다

진찰

키가 크다

은테 안경을 썼다

흰
가운
속에 무엇을 입었지

가슴주머니 위
파랗게 수놓아진 이름
범죄적이다

입을 열고 속을 살펴본다
부어 있습니다
그렇습니까
확실하게 부었습니다

목젖을 건드린다
나를 분석한다

금방 나을 겁니다

흰 깃털이 땅에 내려앉는 소리

절대로 차가워지지 마십시오

기계장치 의자
뚜둑 뚜둑 움직인다

반투명

집으로 가기 전 마지막 휴게소

마른세수
뽕짝 음악
물때 낀 유리창
너머 밥 먹는 사람들

나는 강물 흐르는 것을 본다

붉은 하늘 가장자리
덜 붉은 하늘

자꾸 비켜서는

핸드폰에 저장된 이름을 훑으면
한없이 멀어진 사람들
송사리를 건져 내는 왜가리의 눈

가죽 가방과 노트
선물하기 좋은 물건들을 고르는 동안

박각시나방이 꽃들을 배회하고

공장

손톱
짧게 깎인 손톱
살과 맞닿은 단백질과 칼슘
긁어내거나 할퀴거나
너를 힘주어 잡을 때
손톱은 마모되고
그보다 조금 더 빠르게 자라나고
손톱깎이로 살을 벗어난 손톱을 잘라 낸다
그리고 머리카락
검은 머리카락
단백질 섬유가 길게 연결되어
걷거나 누워 있을 때
자리에 앉아 고민할 때
밝힐 수 없는 일들을 할 때
머리카락은 아무도 모르게 떨어진다
그리고 발톱
그리고 털
눈썹 땀
내가 직조해 내는 물체들
크고 작은 존재들이 그것을 먹는다

내 몸으로 자신의 몸을 삼는다

내 생각은 몸처럼 자라나는가
다양한가 크고 작은 존재들이
먹을 만큼 영양가가 있는가
실체 없는 봄을
두 사람이 이야기한다
알 수 없는 말을 한다면
알 수 없는 사람이 된다
두 사람의 몸은 새로워지고
잘려 나간 생각들이 수북하게 쌓여 간다

셀룰러

손가락이 짧고 혀가 깁니다
선형적인 꿈 하나를 평생에 걸쳐 꿉니다
먹이를 허공에서 낚아채
왼쪽 송곳니로 다섯 번
오른쪽 어금니로 두 번 씹어 삼킵니다
눈물이 많습니다
구석을 좋아하고 날개가 밝습니다
웃지 못합니다

사람이라고 생각하십니까?
풀숲에 둥지를 짓습니다
여럿이 모여 잡니다
눈을 감고…… 눈을 감으면 옛날 생각이 납니다
눈이 밝았고 몸이 가벼웠지요
석양을 등지고 집으로 돌아갔습니다
검붉은 구름을 보면
소름이 돋기도 했습니다
옛날에는 말입니다
덜 낡아 있었지요

푸드덕거립니다
지금도 그때도 살아 있습니다
말은 할 수 없습니다
입을 벌려
세 음절 이상 울 일이 없습니다
손톱은 쉽게 마모되지만
단단하고 병균이 많습니다
무릎이 아플 때는 잘 걷지 않습니다
동공은 세로로 찢어져
광량에 따라 가로로 확장됩니다

물을 마시기 위해
유리병 속에 돌을 넣는 짐승 이야기를 아십니까
물은 수도꼭지를 돌리면 쏟아집니다
물을 꼭 나눠 마십니다
목이 마르면 소리를 냅니다
여기 물이 있다 마시자 같이 마시자……
동료가 오지 않으면
웅덩이 앞에서 갈사하는 경우도 있습니다

우리는 아마도 사람입니다만
깨끗한 옷과 방을 원합니까
사람을 쉽게 기억합니다
말소리와 냄새로 구분합니다
옷을 들춰
맨살을 찾아 핥고
당신에게 기대 졸기도 합니다

깃털을 가지고 계십니까
반짝거리는 물건과 깃털을 빼앗으려 듭니다
새끼를 어디다 어떻게 낳아 기르는지
제가 신경 쓸 일은 아닙니다
위협하거나 만지려 들면 도망갑니다

우리는 객체입니다
먹이는 허공입니다
속눈썹이 길고 파랗거나 노랗습니다
당신을 향해 길게 우는 중입니다
문을 열어 두십시오
지금

당신의 엄지손가락을

소풍

렌즈
꽃을 찍는다 우리를 가져간다

돌은 다 벗고 누워 있다 볕이 좋은 날이고 사람들은 봄이구나 생각하면서도 그게 무슨 대수냐고 다시 생각하는 봄 꽃도 다 벗고 피어 있는 버려진 화분 속 잡초들처럼 빽빽한 사람들 돌을 갈아 대는 냇물 우리는 뒤섞인다 흘러간다
다 벗고 같이 누워 볼까
꽃을 본 사람들은 달이 뜨면 서로의 몸과 마음에 가루를 털어 댈 것이다 벌도 나비도 없이 꽃가루 가득한데

열매 하나 없이
꽃나무는 가로수
가로수는 꽃나무

우리는 아스팔트 위에서 남색 과즙을 퍼트리며 터질 것이다 누가 터진 열매를 열매로 생각할까
너는 약을 먹고 있어서 나는 깊게 더 깊게 기분이 나쁘도록 기분이 좋다 너를 껴안으면 느껴지는 봄기운 아무것

도 담보하지 않는 봄기운 그래서 우린 행복하지 그럴 수 있지 네 손을 옮긴다 음 음 꽃가루가 다시 퍼지고

사람들은 우리를 보며 꽃놀이를 한다

선성(善性)

귤껍질
좋은 사람이 보내 준 귤
입을 다물고 입을 벌리고 사랑을 하고
병약해지는 마음

그걸 꽃이라고 부르지

주저하는 동안 계절이 흐르고
실패하고
물을 마셨지 물을 빼먹지 않고 마셨지
오늘의 까마귀 울음
선해지라는 말
나는 인사합니다
선해지라는 말

참을 수 없어지면
나는 침묵 비슷한 이야기를 한다
이건 나의 팔 나의 혀 나의 안구
친구들 신발들
헌 옷 수거함의 주인

팔려 감에 대해

몇 가지 말하는 방식이 있지 나에게도

그건 꽃
방긋 웃을 수 있을까
연꽃을 들고

어떤 절대자도
어떤 구경꾼도 없는 밤에
가끔 별똥별을 발견해 나는 거기에 닿을 수 없다
슬픔, 슬픔, 잎을 떼어 내면서 천천히

내 이야기를 해 볼까 그럴 수 있을까

제2부

제웅

여름 내내 담쟁이넝쿨은 허공을 감싸려고 움직였다
이제는 기쁨을 알고 시드는데

치아

진열장에 놓인 두 손
반지 하나 없이
살아 있다고 믿는 듯
손등 핏줄이 파랗다

흰 문을 연다

여긴 식당이야
나는 다친 곳 없이 아프고
너는 떨어진 어금니를 주워 든다
앞치마와 나비넥타이
식탁을 만드는 키 큰 남자들

포크와 나이프 날카로운 냅킨
무한한 의자
무한한 촛대
문이 닫힌다
경첩이 비명을 지르는 동안
천장에 스미는 붉은 액체
유리잔을 채우는

작은 유리알들
우리는 앉는다
무한한 치아를 혀로 굴리며

너는 묻는다
뭐가 나오나요?
내가 대답한다
여러 국면을 따져 본다면
머리, 머리가 나와요

오래 기다리셨습니다
접시를 든 남자가 나타난다
디쉬 커버를 연다

회랑 세계 염탐

파본을 가방에 넣어 두고
등장인물들을 생각합니다
저를 겪은 사람들
저에게 순해져야 한다던데요
내가 얇아지는 동안
가방은 두꺼워집니다
길 복판 불룩 솟은 변전함
컵이 빼곡히 놓여 있습니다
도시는 그렇지요
저는 많이 마시는구나, 생각합니다

저는 가만히 있었는데
기차 오는 소리만 듣고 있었는데
화가 날 일도 없었습니다 사실
구경이 취미입니다 제 일이 아닌
파국들
가을 산을 미친 듯이 뛰어다니는 다람쥐
타워는 밤새 반짝입니다
거기서 보입니까?
아직도 제가 거기서 보입니까

너무 오래 역할 놀이를 했습니다

멈춘 기차가 움직이기 시작하면
읽던 책을 다시 펼치는 것입니다
주인공의 말을 주인공이 반박하고
한번 열린 따옴표가 도통 닫히지 않는 세계에서
저는 길을 건너가는 수많은
사람들의 총체입니다
당신의 파손을 안타까워합니다
거기에서 캐러멜 향이 납니까? 그거
착각
아닙니까?

젖은 회색 주술

알약이 약통에 부딪히는 소리
똑바로 걷는데 쏟아지는 소리
유리문이 펄럭이다가 멈춘다

비는 그쳤고
바깥에서 나무는 요동친다
아플까

커다란 책을 펼친다
책 표지는 살갗보다 단단하다
혀에 커피가 닿는다
에어컨이 작동 중이고 구름을 본다
나는…… 젖어 가는 돌처럼

고무 컵 받침을
어긋난 한낮을
점성술의 역사를 읽는다

나는 미끌거리지 않고 푸석거리지 않고
불타는 숲 같다

입술을 깨물고 주문을 읊조리면
악마는 기뻐한다는데

약병을 열면 알약이 있고
알약은 삼켜진다 도사린다

사람이 천천히 망가지는 모습을 지켜본다, 엄마

지렁이가 꿈틀거린다
보도에 선명한 궤적이 남아 있다

감시 망각 처벌

편한 의자에 앉는다 뉴스가 보인다 잡혀 가는 사람이 보이고 원고를 읽는 앵커가 보였다가 새 떼가 된다 창문을 깨고 수천 마리 흰 새가 날아간다 나는 질서 정연에 대해 생각해 본다—어쩌면 분노에 대해—집에 붉은 것들이 많다 문장이 악인을 조각낸다 단정한 가구들 사이 도드라진 살점들은 죗값을 치르는 중이다 물뿌리개를 들고 너는 행복하다고 말한다 말랑말랑한 구름이 잘린 뼛속에서 흘러나온다 너는 가만히 서서 기울인다 섞여 흘러가도록 연분홍빛 액체가 잔뜩 묻은 옷을 입고 굳지 않아도 선명해지도록 내가 연초를 물면 네가 불을 붙였다 그런 날들…… 죄악을 저지르는 것이라고 나는 생각한다 아무런 빛도 필요 없는데 전등 스위치를 찾을 길이 없어서 몇 년이나 방이 밝았다

우리는 행복하겠구나
그림자가 없어진다

뿌려진 씨앗들이 모두 열매를 맺지는 않았다 그림이고 슬프고 고요한 악인들 손목과 주름들이 떠도는 개수대 칼을 꽂아 넣을 때마다 너는 울곤 했다 힘든 기억들이 넘쳐

흐른다며 뿌려도 뿌려도 바닥은 말라 버린다고 졸음 앞에서 나는

그리고 사람들은 유리문을 여닫으며 빌딩 속으로 사라지는 것이다 저녁에 비가 온다고 하는데, 나는 잊어버릴 수 있을까 잊힐 수는 없을까 걸레로 방바닥을 훔치며—대용량 음식물 쓰레기봉투 몇 개를 집 앞에 버려 놓은 뒤였다—나는 뉴스를 틀어 놓았다 혹시 오늘일까

오늘일까 하면서

거짓 정오 액체

주소록을 뒤적거리는 동안
버릇없는 아이들이 밤새 떠들고
나는 지금 가슴이 아플까
혀를 빼물어야 하는데
혀는 빠지질 않고
손등과 손바닥이 녹아서

이름 모를 웃는 사람의 사진과
낡은 시집 들고
재활용 쓰레기장에 간다

바람 안 불어서 땀은 흐르고
손가락뼈는 생각보다 가늘다
하얗고

어지러워
아스팔트는 뜨겁다

손을 펼쳐 물을 막아 보았나
몇 번이나 말했더라 몇 번이나

변명은 둥근 돌을 더욱 둥글게 깎아 대면서
이 돌은 더 둥글어야 한다고
강물이 흐르고

담긴 손을 타고 올라오는 무당개구리

눈을 뜨고
빙 둘러선 사람들을 본다
새까만 얼굴들
역광
아스팔트에 조약돌이 쏟아지고, 운다

옷깃 사건 나비

과도에 피가 묻어 있다
내가 누구를 죽였습니까?

상상했을 뿐인데

나는 갇혀 버렸고 가끔 부역을 나간다
시키는 일만 하고 미동도 않는다

경찰은 묻혀 있던 얼굴들을 찾아낸다
쌓여 소각되는 희로애락…… 같은 것들

네 심장을 터트리는 꿈
빠져나가는 것만 생각했는데
수고하셨겠습니다만
너를 찾던 수색은 중단되었다고

출입문이 닫히고
팔 차선 도로변
자동차를 실컷 본다

이거면 된 거라고 생각해

표를 사 들고 고속열차에 앉아
왠지 모르게 겁난다 표를 손에 쥐고
희망했던 것들이 이루어졌으니까 나는

나를 믿지 않기로 한다

그리고 김 씨는 철문을 잠갔다. 왼손에 쥔 검은 봉지에서 빨간 액체가 뚝뚝 떨어졌다. '나'는 눈알을 굴려 댔다. 어디를 둘러봐도 검은 막밖에 보이지 않았다. '나'는 숨을 들이마시고 입을 벌렸다. 목소리가 나오지 않았다. 소리를 지를 때 발생하는 목의 떨림이 느껴지지 않았다. 김 씨는 차 문을 열었다. 검은 봉지를 조수석에 던져 놓았다. 봉지는 아주 낮게 한 번 튀어 올랐다. 봉지 속에서 물이 왈칵 쏟아졌다. 김 씨는 코를 몇 번 킁킁거렸다. 왼쪽 귀에서 자동차 엔진 소리가 들려왔다. '나'는 뒷머리에서 느껴지는 쿠션감에 안도감을 느꼈다. 무엇에 대한 안도? 알 수 없다. 세계는 여전히 검었다. 김 씨는 자동차 열쇠를 돌렸다. 엔진이 몇 번 으르렁거렸다. '나'는 옅은 압박감을 느꼈다. 김 씨와 김 씨가 몰고 가는 차와 조수석의 검은 봉지. '나'는 눈을 깜빡거렸다. 비린내가 느껴졌다. 맛은? '나'는 입을 벌리고 혀를 내밀었다. 아무것도 내밀어지지 않았다. 턱을 움직이자 치아가 부딪히는 느낌이 들었다. 그러나 혀를 아무리 휘둘러도 치아가 느껴지지 않았다. '나'는 중심이 기울어지는 대로 쿠션 위를 굴러다녔다. 구역질이 올라왔지만 위장은 고요했다. 김 씨는 차를 멈췄다. 바다와 바로 접한 주차장이었다. 김 씨는 운전석 문을 열고 바닷가 쪽으로 걸어갔다. 가장자리에 선 김 씨는 고개를 바다 쪽으로 내밀었다. 바닷물이 묻어 색이 짙어진 콘크리트의 아랫부분을 바라보았다. 파도는 불규칙적으로, 엄정하게 콘크리트를 깎아 내고 있었다. '나'는 머리가 점점 뜨거워지는 것을 느꼈다. 김 씨는 조수석 문을 열고 검은 봉지를 집어 들었다. 바닷가로 걸어간 김 씨는 봉지를 열어 속을 바라보았다. '나'는 눈이 부셨다. 누군가 빛을 등지고 '나'를 내려다보고 있었다. 실루엣이 멀어져 갔다. '나'는 몸이 터지는 아픔을 느꼈다. 뒤통수에서 무언가 울컥 울컥 쏟아졌다. 김 씨는 운전석에 앉아 시동을 걸었다. 차를 이리저리 옮겼다. '나'는 검은 막의 벌어진 부분으로 하늘을 바라보았다. 얇은 구름이 태양을 감싸고 있었다. 무언가 다가오는 소리가 들렸다. 김 씨는 차가 덜컹거리는 것을 느꼈다. 장애물은 차가 올라서자 큰 소리를 내며 으깨졌다. 김 씨는 액셀러레이터를 세게 밟았다.

가상 물질 운전

나는 목이 말라 눈을 뜬다
차는 멈춰 있다
나는 운전하는 방법은 알고 있지만
이 철제 몸뚱이는 무엇인가
어디를 들어내 기름칠을 해야 할까
그저 악셀을 밟고 창문을 열어
손을 밖으로 빼 바람이나 맞을 줄 알았지……
다른 차들은 보이지 않고
보험회사에 전화를 거는 일은 비참하다
일제히 켜지는 백색 가로등
나는 앞니가 하나 없는 데다가 운전면허증도 없으며
음주를 즐겨 하고 요즘 시력이 몹시 나빠져
밤에는 불빛을 보는 일이 괴롭다
운전을 한다면 무언가를 쳐 버릴 것이 분명하다
그것이 당신이나 사람이 아니었으면 좋겠다
말린 버섯이기를 바란다
세상이 식초 냄새가 나는 내 발 같지 않기를 바란다
산성비를 아랑곳 않는 사람들이
서로를 사랑하며 알맞게 익어 간다
나는 없는 자동차의 실재하는 보닛을 연다

불 꺼진 하늘 위로 피어오르는 연기와 엔진오일과
분골되어 엔진오일에 첨가된 황소의 넋을 기려야겠다
사고 치지 말자 사고 치기 싫다
집에 가서 부모님들 앉혀 놓고
괴로운 소리를 하고 잘못되었다는 소리나 듣고
나는 겁난다 30㎞/h 이상 빠르게 운전하기 싫다
그래 본 적도 없다
운전대를 잡아 본 적이 아예 없다
보험사 차량이 도착한다
점퍼 케이블을 설치하고
나에게 당신의 죄는 운전만 할 줄 알면서
운전을 방만한 것이라 말한다
근데 왜 나는 전쟁을 무서워할까
버섯들이 어둠 속에서 자라나고 있다
나무 밑동에서, 특히 잘린 나무 밑동의 나이테에서
당신에게 운전하는 법을 배워야겠다
아니다 차 정비하는 방법을 배울 것이다
전기를 견뎌 낸다면 죽지 않는다면
삐그덕거리는 사람들을 실컷 마주치며
뒤로 뒤로 걸어가서

나는 정자와 난자가 된다
조금 더 뒤로 걸어가서 플라스틱과 나일론
한을 품은 공룡들이 현대사회를 괴롭히고 있다

제3부

중앙도서관

기지개를 펴다 눈이 가서 본
기출문제집을 풀거나
회로도를 수정하거나
영어를 손글씨로 쓰거나 하는
사람들, 창밖으로 구름 몇 조각

나는 김수영의 시를 읽고
시 속에 숨겨진 자유를
감상과 분석을
키보드를 두드려 정리하는데

사람들은 시험을 준비한다
나도 미래를 걱정한다
　　언젠가 다가올 핵전쟁을
　　쓰나미와 내일 먹을 식사를

내가 자리에서 일어나면 나는 주목받고
내가 훔쳐본다면 나는 의심당한다
내가 고민한다면
적을 수밖에

돌이킬 줄 몰라야 하고
속여 먹을 줄 알아야 한다
나는 공부한 적 없다
김수영 전집을 읽는다
지나간 시간의 이자를 타 내듯
타박타박 페이지를 넘긴다

동전이 겨우 들어가는 주머니
빈털터리에게는 상관없는 이야기
기침을 하면 문장이 쏟아지고 땅에 닿자마자 굳는다
다 쏟아져서는,
재활용도 힘든데
요즘

존재하기가 힘든데
공부하고
공부하면

멋지게 파괴당할 수 있지

힘내는 사람들 사이에서

나는 오래된 사람들의 요즘 이야기를 경청한다
사계절 가리지 않고 눈이 온다
사진 속 눈사람
내리는 형태로 찍힌 눈송이들

동묘 앞

플라스틱 의자에 앉은 사람이
주머니 속에서 사진을 꺼낸다
구겨지고 물먹은 사진

늙은 산이 자기 발을 보려 고개를 돌리는 소리

붉은 네온사인
너무 먼 미래로 끌려온 네온사인
이 층 콜라텍 젖은 종이컵에 담긴 막걸리
알을 품은 모기가 자기도 모르게 병을 옮기듯
콜라텍의 여왕은 노래하고

피곤해? 나에게 묻는다

젖은 나무들이 개처럼 몸을 털어 대고
우리는 올해 만들어진 동전처럼 빛난다
내가 주워 갈까
당신은 주워질 수 있나

몸속에서 몸속으로 내린 비

탱탱해진 물집을 뜯어낸다면
나는 걷기 힘들어진다

님이야 다시 생기지 님이야 내 손을 붙들지

흰 장갑을 낀 손

역(力)

기억하는 법

　　　석양이 박힌 하늘은 새빨갛고

　　　고개를 돌려 바라본 구름은 하얗다

*

뼈의 응력과 살의 열량

일어서 있는 사람

허벅지와 종아리, 발목 그리고

어디에 부딪힐지도 모르고 휘두르는 팔

그 팔을 휘두르는 사람의 뒤집힌 눈

사람의 눈을 뒤집는

죽은 사람

힘만 남았다

뇌에서 발생해 척수를 타고 내려가는 전기신호

그건 더러 영혼이라고 불리고

해체된 몸에는 존재하지 않는다

통화 버튼을 눌러 곧 집에 간다고

걱정할 필요 없다고 말하던
힘
관을 옮기는 사람들

죽은 사람의 몸을 떨게 했던 사랑
힘줄이 끊어진 사랑은
산 사람의 몸속으로 다 들어가 버리고
사랑으로 가득한 몸은 터질 것처럼 떨린다
그러나 터지지 않는다 그저
천천히
숯이 하얗게
타들어 가듯

버티는
힘
불을 쬐는 손바닥
차라리 몸이 없다면
손바닥 없이
허공에 남는 온기

*

그것을 다시 꺼내 놓는 법

석양은 산 뒤에 숨어 있었고

나는 고개를 돌리지 않았다

라이브러리

밤새 거북이가 알을 낳고 있는 해안
바다를 향해 사람들이 서 있다
엉킨 남녀가 뒹군다
폭죽이 발사된다
폭죽을 들고 있던 손이 터진다
고요해 하지만 휘몰아치는군
알을 묻은 거북이는 생각한다
노래를 부르는 일은
노래를 부르는 목소리와 폭죽
사람들의 얼굴이 번쩍거린다
공기가 젖어 간다
그녀는 그가 될 수 있을까
파충류의 알은, 어떤 파충류의 알은
온도에 따라 암수가 정해진대
그게 유행이래
그건 유행이 아니야
남자는 말하고 여자는 의심한다
서로를 굴리면서도……
같은 눈을 가지고 이것저것을 다르게 본다
상상할 수 없는 곳에서 코끼리가 튀어나오고

상상은 할수록 쓸모없지
겨울이야
여름이고
그건 온도에 따라 다르니까
남녀는 슬픈 얼굴로 굴러간다
물고기가 있네
물고기 떼가 살아 있는 하마를 뜯어 먹는다
뜯긴 살들이 나풀거리고……
시간이 없지
시간이 없고
사랑은 아아……
온기 없는 알은 프라이가 될 뿐이고
바다는 알까
벼락 치는 날 하늘과 땅은 거대한 배터리
우리는 뜯길 온도를 찾아 헤맨다
바다에 길은 없고
세상은 녹슬어 가고
물풀이 달라붙어서 거기
거기에서 우리를 지켜보고
비가 산책로의 사람들을 꺼트리고

온도에 대해 다시 생각하는 동안
몸은 다른 몸으로 들어오고
반대편 해안까지
대양을 건너 해안에

풍향계

차가운 물이
차가움을 잃어버리는 동안
애도하듯 달라붙는 물방울들

나는 걷는다
나는 시간이 많고
그것을 자주 잊는다
출렁거린다
멀리 떨어진 바다
가득 찬 구름과 침범당한 달 그리고
검은 물이 담긴
투명한 컵

빨대
영혼이 침입하는 통로
비스듬하다
날카롭고
젖어 있다

이 차선 내리막길

나는 걷는다
승합차에서 아이들이 쏟아진다
땅에 발을 딛는 순간 사라진다
반복
나는 걷는다
비
백지를 뚫는 펜촉처럼 내린다

덤프가 적재함을 세운다
흙이 쏟아진다

나는 물을 마셔도 굳지 않는다
혹은 동쪽이나 서쪽의 산들
산을 오르며 비를 뿌리는 구름

바다 위에서 비를 뿌리는 꿈
그건 악몽도 길몽도 아니다
나는 몇 번이나 새파란 청새치를 생각한다

cardhouse

테이블을 주목합니다
손을 몇 번 놀리면 카드가 세워집니다
세워진 카드는 얇고
남은 카드 뭉치는 두툼합니다

유리 테이블에 제 얼굴이 있습니다
아니, 제가 다 들어 있습니다
카드 위에 선생님이 서 있습니다

Q와 K 알 수 없는 J
그 아래 엎드린 문양들
선생님은 카드를 쏟지 말라고 말합니다
스페이드의 본질은 찌르는 것, 떠는 것

물이 끓습니다
카드가 흔들립니다

저는 잘 몰랐던 건데요

머릿속에서

흰 새가 저를 지워 갑니다
푸드덕거립니다
카드가 출렁거립니다

저는 눈이 부시고
쏟아지나요? 쏟아져야 하는데

따뜻한 차를 마시자고
선생님이 주의를 줍니다

카드가 테이블에 닿습니다

입속으로 뜨뜻한 물이 차오르고
저는 마술 같다고 생각합니다

조류학

피

피피

새가…… 무엇을 호명하는지

날개가 있다

몸통이 작다

뼛속이 비어 있다고 하던데

나뭇가지를 붙잡고 서 있다

새 한 마리 더 날아간다

태양을 꿰뚫는 새

덥고

아이스크림이 흐른다

손등을 타고

ㅎ ㅡ ㄹ ㄹ ㅓ

집이 멀다

새는 나뭇가지로 집을 짓는다

새끼 새가 모여 있다

눈을 감고 입을 크게 벌려

아이스크림을 먹는다

어렸을 땐 바닐라와 바나나가 친척인 줄 알았지

새들은 고양이에게 잡아먹히곤 한다
피 묻은 앞발을 혀로 정성스럽게 핥는다
눈을 감고, 꿈꾸는 듯
아이스크림을 한입 더
피, 한 모금 더
피피
새들을 보며
구름도
하천도 태양도
녹은 사과 셔벗

자전거를 타고 나를 지나치는 혀

유충

농약 통이 버려진 비닐하우스
목줄 찬 푸들이 누워 있다
슬리퍼를 신고
바지는 짧고
혼이라도 났으면 좋겠다
뭘 잘못했는지 알겠어?
모르겠는데요
그럼 그냥 그렇게 살아

그냥—
멋진 말이다
딸기가 자라나고
원수가 나타나고
돌담 건너편에서 새가 운다
길 아닌 곳을 걸으면
곤충들이 튀어 오른다

아, 아, 안내 말씀드리겠습니다
마당 넓은 집들이 듬성듬성 솟아 있다
그리고 안개

그리고 안개

그건 그렇고 비닐하우스 속에다 무엇을 키웁니까

이슬 맞은 고라니가 몸을 말고 잔다
당신은 도끼를 챙긴다

다음 날 아무도 없는 폭포

횡단보도에는 자신감 없는 사람들이 모여 있다

석공이 눈알을 조각한다
신호가 바뀌는 동안
박자에 맞춰 떨어지는 돌
버려지는 파편
신의 동공 안쪽으로
아무도 건너가지 않는다

흐린 눈으로 교차로 너머를 바라보는—
망치를 든 동상
엎어진 왼쪽 슬리퍼
망치질, 무엇인가 만들어진다
불똥이 튀고 눈을 꽉 감고

허공을 내려치는
허공

나의 사랑
살덩이

평안과 고문
규칙적인 소름
만들어진 착시
공장에서 만들어진 안경
비트
AA 배터리와
심야의 비명 소리
빛을 남기고 사라지는 자동차
일제히 흔들리는 가로등
땅이 울리고
Beat
이상한 곳으로 떨어지는 액체

나무는 버티고 갈대는 흔들린다
교미하는 파리 당신을 위한 바이올린 소리

끓,

땅에 박힌 철근
반은 허공에 놓여 있다

그 위에 앉는 나비
날개에 부딪히는 햇살

떠다니는 먼지는 보이지 않고
나는 눈이 부시다

철근을 덮은 녹
잎이 완연한 나무들

그다음 나무들
그 이전의 나무들

물관을 타고 오르다
잎맥에 다다른 물들

숨을 머금은 폐처럼
그림자는 부풀어 오르고

다다음 계절까지
지구는 태양 주위를 돌고

철근은 점점 순해진다
어떤 줄기는 철근을 휘감고

빛이 닿지 않는 곳에서
자라나고 자라나고

증발하다가

나는 철근
줄기에 달린
고치를 바라본다

전체주의

글록이다 계절을 견디는 정원수 속에 놓여 있다 손을 잎과 가지 사이로 넣는다 총이 끌려 나오며 나뭇가지 몇 개를 부러트린다 엄지로 플라스틱을 문지른다 희미한 화약 냄새 엎드려 M-16 소총의 방아쇠를 당겼을 때 끼쳐 오던 향기 탄창멈치를 누른다 탄창이 순두부처럼 흘러나온다 탄창을 잡는다 반짝거리는 탄환을 살펴본다 천사의 목소리 이 한 발의 축복을 사용할 것 약속된 파열음은 기적의 작은 부산물 기적이 끝나고 난 뒤 천사는 이 땅에 임하지 않고 나는 성자가 될 수 없다

한글로 장전 소리는 '철컥'이라고 적는다 총 맞아 죽을 일이 잘 없으니까 적을 쉽게 만든다 총 맞아 죽을 일이 잘 없으니까 사악한 생각을 한다 아름답고 멋진 일을 하면서 총 맞아 죽으려고

귤처럼 노란 탄알을 먹은 탄창이 삽입된 총이 들어간 안주머니가 있는 코트를 입고 있다 지하철 문이 열린다 계단을 올라가며 축복을 생각한다 내가 총을 꺼내 들었을 때 그는 장난감 총으로 자신을 겨눈 나를 비웃을 것이다 오랫동안 만나지 못했던 나를 다시 지배하려 들 것이다 빗줄기를 감내하며 산을 오르는 사람은 간혹 벼락 맞아 죽는다 계단 너머의 시끌벅적함 통로에 앉아 토론을 벌이는 순례

자들 나는 원수가 없다 죽이고 싶은 사람이 있을 뿐 길 가장자리에서 자는 사람들의 냄새

빌딩은 높고 가게는 밝다 돈이 오간다 발들이 땅을 다진다 외국인과 외국인을 기다리는 외국어에 능통한 점원들과 외국어를 못하는 사람들 차 없는 거리를 왕래하는 소형 트럭 박스를 내리는 목장갑 낀 운전자 탄알은 하나 걷는다 더 더 걸어간다 조리복을 입고 담배 피우는 사람을 지나친다

원형 층계를 올라간다 가장 높은 층에 그가 있다 문고리를 비튼다 그는 탁자에 앉아 무엇인가 적고 있다 그가 고개를 들어 나를 바라본다 그는 창문을 열어 두었다 흐물거리는 도시 어둠은 빛 사이사이 박혀 헐떡거린다 그는 나를 잊었다 그는 당황하지 않는다 그는 나를 지배하려 일어선다

발전기

오늘은 나가야 하는데
오늘의 비는 거세고
창문 바깥으로 내민 손은
차갑다 빠르게 젖는다

충전기를 만져 본다
정면을 바라보면서
충전기는 따뜻하다
살아 있는 것보다 조금 더 따뜻하다

책을 읽지 못하고

사람을 본다면
흐린 얼굴들
풀이 돋아나고

안녕, 당신을 처음 봅니다
길쭉한 얼굴이 무너진다
땅바닥에 투둑 투둑 쏟아진다

내 몸은 벌레가 많이 꼬일까

그거 우리잖아

전기가 옮겨진다

쥐

불을 끄고 쥐 죽은 듯 앉아 있으면
틈 속에서 쥐들이 기어 나온다
꼬리로 균형을 잡아
벽면과 첨단을 오간다
집이 찍찍거린다
흰자위가 없는 눈 튀어나온 눈
뾰족한 입과 일생 자라는 앞니
포장을 뜯어내 음식을 먹는다
한입 먹고 멀찍이 떨어져 주변을 둘러보고
다가가 다시 한입 먹는다 다시, 다시
시트러스 향
시트러스 향 쥐
자몽과 쥐는 속살이 붉다
덫에 묻은 땅콩잼
씁쓸한 과육을 씹으며 덫을 지켜본다
쥐는 새끼를 많이 낳는다
고전적인 쥐덫
땅콩잼을 핥아먹던 쥐가 앞발로 방아쇠를 밟는다
스프링에 맞물려 있던 철 막대가 쥐의 머리뼈를 박살
낸다

쥐는 바둥거린다
덫을 다시 장전하고 죽은 쥐는 쓰레기봉투에 넣는다
과일의 노란 껍질 역시 봉투에 넣는다

쥐는 똥을 아무 데나 싼다
떨어트린 초콜릿처럼 검고 동글동글하다

뭐야?

나는 뭔가 한다
안 하면 뒤처지는 세상이라잖아
뭔가 하기만 하면 뭔가 한 것 같아서 마음이 놓여
그게 뭔지도 모르고
끊임없이 파도가 치는 동안
몰라도 되고

뭘 하고 있을까?
뭐가 뭐야?
별자리를 보면 미래를 알 수 있다는데
사마귀가 태어날 때 그리고
내가 태어날 때 수평선에 무슨 별이 있었는지
그 별을 따라 울고 웃고 자라고 무엇들을 한다는데
무엇이 무엇이야
무엇은 모든 것일까
모든 것을 다 해야 뒤처지지 않을까
연애일까 결혼하고 연애는 다르다는 사람이 있고
내가 철없이 물고 빨아 대는 동안
밥을 차리는 사람도 있고
돈이나 벌라고 말하는 사람과 친구야?

지평선에 어둠만 있었다면
모든 별 너머에는 무엇이 있을까 거기에서 일자리가 반짝일까

뭐가 뭔지 알려면 뭐가 뭔지를 뭘로 알아야 하는데
뭐가 뭔지는 어떻게 알지?
파도친다 리듬에 맞춰 춤추는 손님들 해변의 보사노바 이뤄지지 않는 음악 모든 것을 흩어 놓는 음악 그것이 아름답다고 생각하는 음악 어떤 너머의 몸과 신음과 땀과 음악

게으른 음악?
나를 꼬집는 작은 앞발
뭔가 한다 하지 않는다

책과 동전

고양이가 내 무릎에 손을 얹고
발톱을 숨기고
귀가 쫑긋하다
야옹 야옹 운다
창문 한쪽이 열려 있고
유리는 겹쳐질수록 불투명해진다
말을 주고받는 일은 신나서
알아들을 수 있었는가, 는 다음 문제
고양이가 핥는 나의 손은 두려운 것이 아니고
나무를 훑어본 적이 있다
개미가 오르내리던

내 시야 아래에서
내 키 너머까지
개미는 걸어가고
고양이는 앉아서 내 쪽을 본다

주머니를 뒤적거리면
소시지 하나를 살 돈
가공 처리된 돈육이

어느 날 고양이와 내 몸을 구성하고

자라는 일은 어렵고
때때로 불미스러운 잎이 돋아난다
모든 것을 밝히겠다는 듯
퇴로를 막아선 고양이
빛을 받아 반짝거린다
거대한 손이 나타나고
나는 으스러진다

잠자던 생물들이 다가온다
쿵쿵거린다

torso

유—

유령

조약돌을 들고

달맞이를 간다

바람이 치마를 흔들고

오늘은 태풍이 온다네

손바닥에서 흉터가 돋아난다

촛불로 달군 못

마음 없는

흙을 파는

요정들, 요정을 닮은 생물

찢어진 동공과 쉼 없이 움직이는 작은 앞발

달빛 아래에서 몸이 터질 듯 빛나고

목구멍이 깨끗해지고

스님들이 면도기를 머리에 대고 샤샤 문지른다

배수구를 따라 흘러가는 짧은 털들

나는 옛날 사람이 되기로 했다

옛날 노래를

옛날 사랑과 옛날 아이스크림

옛날 섹스

부부는 둘 중 하나가 죽으면
그래도 부부일까 같이 탑을 돌면

부부가 아닌데 부부라고 생각하자
징그러운 사람

귀신을 찾아다닌다
아무것도 없다
이불과 베개
사람 흔적

몸의 바다

배가 파도를 껴안는다
부표를 향해
부릅뜬 눈을 향해

날치가 솟구친다
날치는 두 세계를 안다

벼락
어디로 가
뭘 먹니
어떻게 자신하니
우리는 침묵하고
잡아당기고

숨을 참는 버릇이 남아서
백색 눈동자는 오래된 바다를 건너가고

그 살갗을 지켜보고

젖은 별이 자리를 가늠하는 동안

오래된 바다는 오래된 달을 향해
들썩
들썩인다

파도 없는 거울 위
물 자국
솟구치는 얼굴

라이브러리언

문틈으로 당신이 들어온다
그 귀신은 나를 모른다
당신은 앉아 있다
내가 그 위에 앉고 뒤섞인다

책들은 하염없이 꽂혀 있다
다들 어떤 이야기를 숨겨 두고 산다
내일은 내가 사라지고 그 사람이
그분이
그
새로운 나는 달변가가 된다

하늘에 뿌리내린 저 사람은 왜 아직도 걸어 다닐까
집에 귀신이 쓴 책이 가득하다
당신의 잔털
귀신의 눈동자 주먹질
잘할 것 같아
귀신은 미지근해진 칵테일처럼 속삭인다
눈부셔서 지옥 같다

조용한 사람은 아무도 모르게 운다
자꾸 분리되려고 한다
당신을 보아야 한다 어디에서나
당신이 추려 입은 갑옷은
내 뼈와 살점들
사라질 수 있는 문이 닫힌다
나는 나를 불쌍하게 여겨야 한다 그럴 줄 알아야 하고
닥치고

바람이 팔뚝을 훑고 문틈으로 빠져나간다

잠이 아니면 움직일 수 없다
찢어진 책에 어려운 말은 적혀 있지 않고
당신은 다만 하얗고 순백은 아닌

헤어진 다음 날

객석에 자리 잡듯 차들 멈춘다 그 앞을 걸어가는 사람 흰 칸을 밟고 검은 칸을 뛰어넘고 다시 흰 칸 강박 강박 검은 칸에 무심코 발을 딛은 사람이 자신을 돌아본다

냄새나는 인간! 혐의가 짙은 인간!

꽃 필 순간도 없이 나는 겨울이 되었다네
시간 맞춰 빨간불은 파랗게 변하고
죽은 풀들이 땅에 박혀 있다
아는 사람이 있다면 우선 인사를 하는 것이 좋다네
아니면 당신은 인사 안 하는 사람
재수 없는 사람

이 씨는 말이 많고 팔에 점이 가득하다 김 씨는 앞니 하나가 없고 수면 양말을 즐겨 신는다 최 씨는 도수 높은 안경을 쓰고 왼손 검지의 움직임이 부자연스럽다 박 씨는 키가 크고 매일 밤 우리 집에 오는 상상

박 씨를 주워 들고
이걸 심어 버릴까

물을 줄까
키 크고 잘생긴 박 씨

묶여 있는 검은 개 사람만 보이면 짖는다 나는 자판기 옆에서 전화를 건다 전화 고객님은 지금 전화를 받을 수 없는 상태입니다 삐 소리가 들린 후 통화 종료 버튼을 긁고 나는 재수 없는 생각 재수 없는 생각만 가득 오후 세 시 할 일은 많고 개는 찰박거리며 차가운 물을 마시는 중

아나톨리아 해안

아프다가 나으면 조금 늙은 기분

얼굴은 닦으면 다음 날 더러워진다

주머니에 손을 넣어 지갑과 휴대폰을 확인한다
이러면 안심이 돼

산이 마음에 들지 않아 덧칠합니다 선글라스를 쓰다니요 아무것도 보이지 않으십니까 잘, 여기 파도와 모래가 몸을 섞는데요 모래의 의미는 모래라는 것 앞으로 모래가 있다 뒤에는 모래가 있고 희고 눈부시고 덥습니까 아스팔트 위에서 우리는 안도하고 쇳덩이 바깥으로 나가자 뻥 터져 죽어 버릴 것 같다

흙에는 바이러스가

그건 전갈도 마찬가지잖아요
우리는
더운 바람이라도 바람은 바람 비가 올 것 같다 비가 온다고 착각한다

병원 침대에서 상체를 들어 올리고

교체한 시트는 다음 날 더러워진다

배는 흔들린다 그러나 정박 중

분명히 잃은 것이 맞지요, 맞아

많으면 무섭다
지엽적이고 기울었고 톱니바퀴가 빠져 있는 시계
9를 넘어가지 못하는 초침

이상하지,

많으면 무섭다

우리는 그만 만나기로 한다
많으면 무섭다
토마토 주스

비리기도 하고
아침부터 문을 두드리는 사람들이 있습니다 쿵 쿵 쿵
내 이름을 외치는 소리와
외시경 렌즈 너머 새까만 바깥

또한 왈츠

맥주…… 거품이
거대하게 끼어 있군
컵을 앞에 두고 생각한다
긴 치마가 빙글빙글
돌아가는 광경
구두를 신고
박자에 맞춰
우리는 키가 커진다
아침을 꼭 드세요
식탁에 앉아라도 계세요
춤을 추기 위해
음악이 될 필요는 없지요
트랙과 트랙 사이
너의 침묵
내 마음의 요동
손으로 부채질을 하며
아직 춰 본 적 없는 춤을 위해
우리는 같은 스텝을 밟는다
시간이 지나면
나는 눈이 멀 거야

너의 얼굴도
우리가 내딛는 발의 방향도
볼 수 없게 되지
그게 무슨 상관이람?
달에 사람이 도달했다는 소식
우리가 남긴 발자국이
거짓말처럼 느껴져
우리가 춤을 추긴 추었나?
치마가 펄럭였나?
오래 살면
기억이 뒤틀린대
바른 기억은
지금 너의 차가운 눈빛뿐
너는 음악이 그쳤을 때
무슨 이야기를 했니
침묵했다고?
그럼 나에게
어떤 표정을 지었니
나를 바라보지 않았다고?
그게 무슨 소용이람!

나는 이제야 차를 구입했지
면허도 없이
운전기사도 없이
도대체 우리의 대화는
엇박인 적이 없다
나의 말
너의 침묵 너의 말
나의 침묵
우리는 동시에 침묵한 적도
말을 섞은 적도 없지
모래시계를 눕히면
시간이 멈추기라도 할까요?
너는 치마를 입고 있네
주름진 손가락으로
소파 팔걸이를 두드린다
헤아리고 있다
나는 슬리퍼를 신고
손을 내민다
너도 나도 알 수 없는 기침
알 수 없는 심장박동

키스를 언제
마지막으로 했더라?
커튼콜을 한다면
관객들은 경악하겠지
아직 1막인데!
2막도
3막도
죄다 찬장에 넣어 두고
너는 치마를 오랜만에 입었네
여기가 어디인지 알아보겠어?
우리는 지금까지 집에 있었지
집에서 오전 내내
차를 마시고
심야 뉴스가 나올 때까지
춤을 추다가
저녁을 먹으려고 해
포크도 나이프도 내가 준비할 테니
너는 내 허리에 손을 얹고
우리는 하나 둘
하나 둘

셋을 잃어버린 사람들처럼
둘도 하나도 잊어버릴 사람들처럼 웃는다
그만둘 수는 없지
춤은 아무래도 끝나지 않을 것 같고
너는 이제 보니
멈춘 적 없이 회전하고 있다
살아 있다
우리는 탱탱한 피부와
가슴 뛰는 내일을 잃어버렸지만
찬장이 열리고
하얀 그릇들이 쏟아지고
녹은 사탕이
배수구로 빨려 들어가는 동안
우리는 밖으로 나가야지
나는 너를 바라보며 손짓하는데
창문 너머 배기음이 들린다
폭발이 계속된다
탈
탈탈탈탈……
너에게 남긴 첫마디가 기억나

입을 벌려도 나는 신음뿐
언제나
언제나라는 말을 해야 하는데
나는 네 얼굴을
정말 오랜만에 본다
뒷좌석 문이 열리고
너는 치마를 걷고
귀족처럼

제4부

샤프심과 콘크리트……

모래바람 뚫고 말 탄 사내가 온다
그를 제임스라고 부르자
황사 부는 대한민국 광화문 네거리
말이 걸어가면서 똥을 싼다

크다………………

제임스의 리볼버는 어떤 정치성도 가지고 있지 않습니다
방아쇠를 당기면 총알이 발사되고
홀스터는 인조가죽으로 만들어졌다
인조가죽…… 따지고 보면 동물의 부산물 아녜요?
아냐!
아… 아니구나
석유가 된 공룡들, 제임스의 조끼
납득해야지?
김유신은 말 목을 잘랐지만
제임스는 무엇도 죽일 생각이 없어

황사가 심해서 제임스는 순간 이동을 하는 것 같다
앞이 보였다가, 아무것도 보이지 않았다가

어젯밤에 쪽쪽 빨았던 것들도 생각나다가…
인조 수염을 붙인 문지기들의 안구가 바싹 말라 있다
문지기들은 아르바이트생이고 그래서 부동자세로 정치적이지 않게

어느새 근정전 앞에서
제임스는 말에서 내리고
ㅋㅏ우보ㅇㅣ 모자를 고쳐 쓴다
근정전 앞마당…… 그러니까 조정에서는
민속줄타기 공연이 한창이다
어떤 철옹성 속에서 사람이 굶어 죽고, 그러는 동안
어름산이는 모래바람을 뚫고 뛰어오르고
착지하고 그 반동으로 다시 뛰어오르고
깊게 숨을 들이마신다
콜록거린다 얼굴이

새파랗다
미래가 그렇듯

제임스는 근정전에 들어간다

안내 요원들은 권총을 찬 제임스를 몸으로 막아설 수 없다

정치적이지 않으니까……

들어가지 마세요! 소리나 친다

왕좌에 앉아서

제임스는 자신이 아무래도 대충 만들어진 인간이라는 생각을 버릴 수가 없다, 세계가 그렇듯, 공구리 친 유적들과

내가 그렇듯

제임스는 리볼버 해머를 뒤로 젖힌다

그리고 조준……………………………

방아쇠를 당긴다!

빵야!

창호지가 뚫리고

응, 총알은 모래바람 속으로 사라진다

사격 실력이 형편없었나 봐요?

아니야! 제임스는 정확하다!

무엇에 대한 경고사격인지 알 수는 없지만

놀란 말의 울음소리 길……게 뻗어 나가고

제임스는 남아 있는 탄알을 확인한다…… 다섯 발을 다섯 명의 목숨을 내일도 황사가 계속된다는 일기예보를 선전포고문을

사람들이 비명을 지르며 흩어지는 사이

제임스는 눈을 한 번 깜빡인다

그러자 제임스는 해탈한다

제임스는 우주의 근원과 그 끝을 관측한다

제임스는 텍스트를 읽는 '당신'을 주시한다

이게 말이 되는 거예요? 이딴 게 먹힐 것 같아요? 당신 뭐야?

그래? 그럼 너는 뭔데?

나요?……………………………………………나………는……

제임스는 아무래도 자신이

어떤 시인의 심심풀이 창조물일 뿐

아무런 정치적 의도가 없는 존재라는 사실을 깨달은

듯하다

저, 저 웃는 얼굴이 그 사실을 말해 주고 있다!

……………………………………………………나는 뭐예요?

제임스는 말을 타러 간다

'당신'에게서 눈을 떼지 않고

……………………………………그래서? 내가 뭐냐니까요?

어떤 결투의 흔적인지는 알 수 없으나

제임스의 ㅋㅏ우보ㅇㅣ 모자에는 총알 자국이 있고

모래바람은 점점 더 심해진다

제임스는 '당신'을 놓치고

품에서 방독면을 꺼낸다

검다,

정치적으로,

아주…… 과도하게

방독면을 쓴 제임스가 깊게 숨을 들이마시자……

우주가 사라진다

……………………………………………………………………

…………………………………………………………

……………………………………………………………

……………………………………………………………………

……………………………………………………………………

……………………저기요?

……………………그래서　　　나는　　　뭔가요?……

… … … … … … … … … …

………………………………………아무도 없나요?

……………………………………………………………

……………………………………………………………………

……………………………………………………………………

……………………저기요?

…………………………

저기요?

팔면영롱

언어들
개수대에 쌓여 있는
언어들의 악취
다음 날
나는 내팽개치고 석양이고
그래서 아무것도 아닌 낙엽들과
다음 날
여행은 현관문 앞에서
다음 날
거울 너머로 가위질 소프트 사운드
다음 날
비몽사몽한 거……
다음 날
버스에 가지런히 앉아 있는 인체들 자리가 남아서 다행이야
다음 날
아직도 쌓여 있는 것 곧 구더기가 꼬일 거다
다음 날
반성합니다 반성 뒤집힌 풍뎅이처럼
다음 날

우리 서로 무명자 오래 살면 장생자

다음 날

LED 십자가 바퀴가 흩어지는 회당

다음 날

그것은 담배라고 불리자 유해해지기 시작한다

다음 날

약속 장소로 나가 보았지만 아무도 없다

다음 날

약속 장소로 나가 보니 모르는 사람들이 있다

다음 날

약속 장소가 없다 길바닥 떨어진 외투

다음 날

초파리들이 많다

미지근한 물에 담긴 언어들

다음 날

내가 없다 아무도 그 사실을 모른다

다음 날

고양이 사료 먹는 소리 사람의 발가락

다음 날

이탤릭 주름과 운석 총알 옷에 새겨진 이니셜 해야 하는

말과 하기 쉬운 말과 할 수 없는

다음 날

서랍 속에 있다 별도로 나는 별도로

다음 날

총 만지고 싶은 목소리 마트료시카 쇼크웨이브

다음 날

뒤집힌 속옷 졸린 사람의 입술 구름과 구름이 뒤섞인 새벽잠 벌레야!

다음 날

잠 키링 오렌지 혀 위에서 버터처럼 녹는 날말

다음 날

예상을 예상하는 예상의 예상, 예상을 예상…… 감사와 안녕 목 자르는 일 살아 있는 일 계속 사진 찍기

다음 날

졸음과 가루 부리를 달여 드세요 악취 새빨간 글자 딱딱해진 언어

다음 날

도축

다음 날

사랑해 먹어 발라먹어 버리지 말고

다음 날

뒷걸음질밖에 몰라—요 버섯 펑펑 펑거스 폭격 이등변 삼각형 칵테일

다음 날

이제 냄새가 심상치 않지? 곧 아니야?

다음 날

돌아온 도마뱀 인간 상처투성이 몸에 대충 두른 천 조각

다음 날

잘린 꼬리가 퍼덕거린다

다음 날

수양

다음 날

숙면

다음 날

순장자들의 비명이 묻은 흙, 나는 만화경에서 눈을 뗀다

다음 날

골목을 걷다가 땅을 보면

몸을 구부리고 기도하는 꽁초들

다음 날

닫힌다

다음 날
먼지 심한 바람 쾌적한 차량 내부
뒷자리에서 눈을 뜬 나는 이다음을 알아

제5부

수류탄

평일 오전 주차장 빈자리가 많다 견고해, 낙엽 하나 허투루 떨어지지 않는다 레몬 향 막대 사탕 혀 위에서 녹아간다 슬프고 잠깐 화나고 시큼달달하다 지금까지 너나 나나 형편없지 불붙은 도화선처럼 해롱거렸고 끄트머리에 무엇이 달려 있을지도 몰랐고 상관도 없었다 뜨거운 게 좋았지 몸 상하는 게 행복했지 무엇이든 터졌으면 좋았을 걸 꿀벌 한 마리 눈앞을 서성인다 침을 박아 넣을 생각인지 길을 잃었는지

팔 차선
부글부글 관산동
왜 귀찮을까 왜
차는 잘 다니지 않고
할 수 없다는 기분이 들까

스콜

매달린 동물이 쏟는 피처럼
뜨끈하며
연속적인
몸들

사탕과 물티슈를 나누어 주며
노래를 부르고 춤을 춘다
흠뻑 젖어 간다

더 깊어질 필요는 없다

장우산을 쥐고
출발하는 버스 의자에 앉으려다
허벅지를 시원하게 적신다

열쇠를 추려 문을 연다
물살에 조약돌이 녹아 간다

콘크리트와 철근
손이 닿지 않는 곳에 손들이 쌓여 간다

엄지손가락만 한 거미집을 보면
도대체 저 집 주인은 무엇을 먹고 사는가 궁금해지고

그건 그렇고
나는 슬리퍼를 신고
가늠할 수 없는 세계를 탐험할 예정이다
예정이다

황색 등 아래에는
뻔한 말들이 쌓여 있다

나는 사실 수술했습니다
이런

레터박스

오이가 들어간 김밥
김밥을 권하는 손

나는 빠져 죽은 사람 이야기를 듣고
잠시 빠져 죽은 사람이 되었다가 내가 되었다가 김밥을 씹는 어금니가 되었다가
혀와 입술 그리고
감은 눈이 되었다가 손등이 되었다가 강이 되었다가
숲 위로 솟은 아파트

물안개
떠오르는 강을 뚫고 솟아오르는 흰 손 같은 것

그 손의 낯익은 반지
너는 빈 약지를 잠시 문지른다
나는 스티로폼 그릇과 비닐을 검은 봉지에 다시 넣는 중

하늘은 파랗고
오래된 콘크리트는 쉽게 부서진다

민방위 사이렌
물고기
물살을 거스르며 정지
물속에서 움직이는 그림자

앞선 일행

개구리들 운다
나는 너를 부르려다 만다
가로등이 일제히 켜진다
너는 돌아보지 않는다
약속을 잊었을까
빨라지고 싶다 그러나
균열은 보이지 않는 곳까지 이어진다

우리는 도덕적인 관계
해부당하는 기쁨을 나는 알고
너는 이 축축한 날 내 배를 가를 줄 안다

나는 땀 흘린다
기울어진 전신주를 칡이 뒤덮고 있다
현수막을 본다
삼 년 전 행사를 기념하는 빛바랜 얼굴

개구리는 마음대로 운다

약속을 잊지 않았다면 너는

내 배를 갈라
마른 내장을 하나씩 관찰할 것이다

가로등이 없는 곳으로
울음소리가 더 잘 들릴 곳으로
걷는다

필기체

손가락
버터처럼 녹아 버릴 것 같다
손가락이 손가락을 만진다
피곤해
손가락이 손가락에 의해 만져진다

춥고
트럭 엔진 꺼지는 소리

너는 먼저 밖으로 나선다
머리에 낙엽이 떨어진다
어제 비가 왔었지
살아남은 구름이 하늘에 가득하다
너와 나는 같은 집에 살거나
같은 집에 살고 싶다

집 손가락들이 겹쳐지는 집
빨래가 널려 있는 집
밖보다 추운 집
문을 여는 열쇠

우리는 중요한 대화 없이
점심이나 저녁을 먹고
하품을 하고 눈을 마주치고
집으로 가는 길에는
쌓여 있는 쓰레기봉투를 보면서
미래를 잠시 생각할 뿐

여기에 전봇대가 다 있었네

나는 주머니 속 열쇠를 짤그랑거린다

직사광선

잠자리
회색 광장
2인승 자전거를 타는 남자들
빛 받아 나무 새파랗다

서투른 고백이 있었고

땀나는 손과 맞잡은 손
줄지어 가는 개미
꽃을 뒤적거리는 벌
그런 버릇들
버려진 신발을 보는 아이들

잠자리가 잠자리를 붙들고
날아가고 있다
그다음 일은 알 수 없음

어제 설치된 의자
니스가 눈부시다
풍뎅이가 앉아 있다

앞발로 뭔가 붙잡고
정갈하게 입을 움직이고 있는데

하늘은 흐려지고
거듭 거듭 사람
늘어나는 바람들

새 의자에 씹던 껌이 들러붙듯
나는 흔적이 된다

모바일

액셀을 그만 밟는다
어디로든 움직일 수 있도록
몸을 흔드는 잎사귀와 가지

불빛의 색깔을 읽으며
서로를 믿고
바람 부는 소리
배신당해 다치고 죽고
주차장에서 마주친 사람

바람이 찢긴 틈을 넓힌다
표정 없는 얼굴 뜨거운 보닛
주차장을 가로지르며 빠르게 식는 코끝

어디서 본 얼굴인데

비슷한 것들이 서로 달라붙는다
분해되는 몸이 그러하듯
틈이 계속 넓어진다
뜨겁고 외로운 자리에 앉아서

나는 시간을 보내려고

한 톨씩 떨어지는 졸음
빠르고 진한 바람

매달린 모든 것들이 흔들린다
리벳이 뽑혀 나간다

닫힐 수 없는 기억은 나풀거리고
쿵
나는 쓰러진 사람에게 다가간다
생각은 공기보다 가볍고 멈출 수가 없지만
몸을 움직인다 동선이 공간과 풍경을 자른다

방울

벗어던진 속옷의 형태를 기억해 본다
정면으로 마주치지 말 것
터진 마음을 추스를 것
소책자—비에 관한—를 잊지 않고
재킷 안주머니에 넣고 다닌다
엎어진 텀블러에서 안구가 쏟아진다
쏟아지다가 이틀은 지속된다는 전망
담벽이 천천히 젖는다
표정도 약속도 씻겨 나간다……
너 훔쳐보고 있지?

나는 아무 사람이 되었다
잠이 안 와서 며칠 떠돈다
자동차가 골목을 힘겹게 빠져나가는데
향냄새가 나
만(卍)

본 적 없는 영화에 대해 떠드는 일
하늘은 잔뜩 흐린데 는개만 내린다
왜 자꾸 봐?

불 켜진 경찰서에 아무도 없네
그립긴 했지
근데 자꾸 아파서
피눈물이 나서 찾아가지 않았다
버틴다 새빨갛다 몸속에서 자라난 날붙이
너무 깨끗해서 간지럽다
노란색, 검은 노란색 위험해 나는
녹슬고 있어?

긴 터널

고속버스 뒷자리에 앉아 의자 위로 솟은 머리들을 바라본다 흔들리는 검정 반원 갈색 반원 살색 반원 터널에 들어서자 노랑이 모든 색을 침범한다 손등도 옆 차선 납작한 승용차도 손가락으로 내 손바닥을 긁으며 뭐라 중얼거리는 네 목소리도 흑백사진처럼 아득해진다 우린 오래 만났지 같이 살 수 있을까, 글쎄, 글쎄, 빌린 방 안에서 서로에게 글쎄란 말만 반복하다 우리는 버스를 타게 되었다 조명에 맞춰 번쩍이는 세계

터널이 굽는다 나는 창문 쪽으로 너는 내 쪽으로 기울어진다 버스가 넘어지면 어떡하지, 너는 웃는다 나는 허리를 감싼 벨트를 당겨 본다 괜찮아, 나는 말한다 어떤 형태로 넘어져도 우리는 이 자리에서 벗어날 수 없어 우리는 끝없이 반짝거리고 나는 키스한다 눈을 떠 본다 너는 감은 눈 번쩍거리는 얼굴 우리는 같이 살 수 있을까 그런 이야기를 할 수 있을까 입술이 떨어지고 너는 손등으로 침을 닦아 낸다 낮은 주행음이 끝없이 이어진다 우리는 언제부터 손을 잡고 있었을까

너는 말한다 이 터널은 영원히 계속될 것 같다고 나는 표지판을 본다 오백 미터 앞에서 터널은 끝난다 나는 그럴 일은 없을 것이라고 말한다 우리는 곧 터널을 빠져나가서

목적지에 닿게 된다 그럼 같이 살 수 있을까, 너는 질문한
다 나는 바로 앉으며 손을 놓는다

애연

나는 당신을 책임지기로
당신은 나에게 책임져지기로 하자
못생긴 얼굴 무너질 얼굴
지루한 생활이 계속 이어지는 동안
서로의 가명 같은 것은 알 필요가 없다
내 것아,

쉽게 흩어지겠구나, 착각이겠구나, 무거워 가라앉겠구나, 거무튀튀하겠구나, 생생하게 썩어 가겠구나, 마음들

새벽이 온다
이미 죽은 마음들과
애정하는 사물들이
번식기 뱀 떼처럼 뒤섞여 있다
알을 낳고 나면 모르는 사이가 될 수 있을까
모르는 사이라니
뻔한……

왜 나는 나를 잃어버렸을까
사라지게 둘까 다른 곤경을 겪을까

너는 너라서 안타깝다
나를 버려두고
없는 사람이 될까
없는 사람을 생각하면 울 수 있다

눈을 뜨면 아무도 들어올 수 없는 여관이다
이미 캔을 다 마셔 버린 뒤다
창문을 열자 물 흐르는 소리가 세차다
우리는 무엇도 될 수 없기 때문에
너는 추상화 속 직선처럼 단정하게 자고 있구나
네가 돌아눕자 쏟아지기 시작하는 비
벗어날 것이다

아픈 사람은 사람이 아닐까
무너지기 전에
아무것도 아닌 사이가 아니었을 때
많이 울었을 때
비디오 테잎에 녹화된 그때 얼굴들

소극

바깥으로 나가지 않기 위해 귀를 키운다 주먹만 한 귀 침대만 한 귀 방바닥만 한 귀 출렁거리는 귀 일어설 수 없을 정도로 무거운 귀 눈을 감는다 신발 밑창들이 아스팔트를 두드리는 소리 버스에 앉은 노인의 헛기침하는 소리 무당벌레가 진딧물을 턱으로 동강 내는 소리 듣는 일은 주전자와 컵을 잇는 물처럼 고요하다 줄 맞춰 선 사람들이 요구 사항을 외치는 소리 은행원이 통장을 넘기는 소리 개가 우리 속을 떠도는 소리 들려오는 스산한 소문들 손바닥으로 뺨을 갈기는 소리 잔디에 떨어지는 물소리 입술에서 튄 피가 벽을 물들이는 소리 본 적 없는 세계를 이해하기 위해 내 내장들은 더없이 한적해진다 소리 없이 피는 꽃들 나는 코를 훌쩍이다 재채기를 한다 굉음에 귀가 멀 것 같다 몸이 귀에 기생하듯 쪼그라든다 짝사랑했던 사람들의 교성이 들려올 때마다 귀는 더욱 커진다 나비의 날갯짓 소리 아직 낮이라는 눈먼 사람들의 말소리

몸, 몸뿐

뱀 뱀 뱀 기어간다
머리가 돌아가지 않음에 대하여
뱀이 기어간다
뱀의 운동 방식
위아래 없음
물
물뱀
오디와 버찌
괴로운 눈
우리는 좋은 친구다
졸린 사람과 조는 사람
파도치는 잠
눈물
입을 벌리고
긴 호흡 뱀 뱀
비늘 속 출렁거리지 않는 몸
사랑을 아는 몸
알을 흙 속에 묻어 두고 명상하는 뱀
명상하는 알
우리는 친구지

너는 나를 껴안고 무한한 회전
무한할 줄 알았던 회전
이상한 길
이상한 길을 뱀 뱀 뱀이 기어간다
다리 없이 걸어간다
없는 팔을 핥는다
그게 아픔이라는 듯
소중하게 감싸고 걷는다
불꽃으로 달로 숲으로 기어간다
뱀은 기관
뱀의 남은 흔적
사랑 폐곡선 사랑
비늘을 벗겨 내며 사랑하지 않음
사랑하지 않음
기어감
수풀
너의 눈
열매들
너의 눈
너의 눈들

뱀

뱀

찢어지는 동공

우리

행신

자꾸만 연말이 되고 유명한 사람들이 모여서 종을 다시, 다시 치고 저번에도 왔던 길인데, 먹었던 밥인데, 만났던 사람들과 또 만난다
우리 참 오래 봤군, 그렇군, 그렇군, 그렇군……
우리는 행복해지려고 만난다, 실패해서 만난다
내일 당장 뭐가 필요할까
다 마신 술병을 치우다 보면
없으면 죽는 거, 못 참는 게 있지 않아?

월계수 잎……
고기와 함께 끓는

돌아가는 길은 많고 달고 귀찮다
뭔가 내릴 것 같은 날씨였지만
아무것도 내리지 않는다 하늘이 머리카락을 쓰다듬는다

잎을 따며 생각해 보면 나는
포대가 내용물도 없이 홀로 서 있는 꼴이라고
풀썩 쓰러지면, 납작해지는
그리고 눈 같은 것에 뒤덮이면서

아무것도 아닌 것
그러나
아주 멀리 떠나도 결국 집으로 다시 돌아와야 한다
사람은 그렇지만
당신은 아무것도 아니니까 나 혼자 숨차니까
당신 앞에 멈춰 몰래 운다

괴물들은 하나같이 예쁘고
내 목을 가지기 위해 내 뒤에서 언제나 기다린다

눈을 채워 두면
얼마나 버틸 것 같은데?
친구가 술을 따라 주며 묻는다 쉼표와 말줄임표가, 낙엽이 너무 많다 이런 삶을…… 잎을 태우며
나는 인정하기로 한다, 한다, 한다…… 모든 혐의를

근원을
이를테면 재즈를

lecture

사 층까지 자란 벚나무 짙푸른 열매 물드는 길 푸른 길 뛰어가는 아이들은 날아갈 것 같다 푸른 곳에서 푸른 곳으로 퍼덕거리며 나아갈 것 같다 자라나서 먹히기 위해 병아리는 알을 깨는가 장마가 시작된다 아이들은 날개를 포기한다

부모의 도움 없이 바다거북은 자라난다 나는 공포를 생각한다 비 내리는 시대, 젖은 인간이 복기된다 전봇대 아래에서 부패된 기다림 직선 위에서 같은 말을 계속하기 위해 도착한 사람이 되기 위해 비를 맞기 위해 비를 맞는다

턱밑까지 어금니가 차오르고 빗물에 흘러내려 간다 빚을 갚기 위해 나는 일합니까? 미수금 회수가 무엇을 빼앗아 가는지 고민하는 나날 사건은 없고 경찰서 바깥에서 마주친 두 사람 누가 형사고 누가 범인일까 세상은 날카롭고 내 피는 굳는다 가만히 서서 빗물이 노을빛으로 물드는 장면을 본다 죄가 무엇입니까? 나는 범인인지 형사인지 모를 사람에게 말하지 않는다 다음 생각을 위해 지금 생각을 포기한다

세상은 범인이 아닙니까?

흐르는 것들은 흐르고 내리는 것들은 내리고 나는 있다 몸에 가득한 실금 나를 괴롭히는 일들은 이해의 바깥에서 벌어진다 이상한 냄새 거대한 가방 깨질 것들 바커스의 사제들 환승역 앞 광장

온몸에서 열매가 맺히기 시작한다 다음 장면을 위해 이 장면은 과거가 된다 나는 둘 곳 없는 나를 들고 다닌다

패턴

지하철과 버스 그리고 걷기
몸속을 훑고 빠져나오는 공기
시즈닝이 뿌려진 하늘
단어들과 문장들이 달콤해집니다

문어와 오징어
명상과 어울리는 어류
너는 나에게
볼펜을 빌려주고

자동차의 흐름
빛들
도망칠 필요가 없어서 슬프다

보글보글
파도를 맞는 바위
컵에 갇힌 액체의 비명
숙회 한 접시

숨을 참고

뼈가 보일 때까지
종이에 적어 가며 계산하고

너는 가로등 사이
기다린다

두드러기

등을 맞대고 앉아 있다
우리는 모르는 사람이라고 치자

바위가 되고 싶다고 생각해
이유를 알 수 없는
무른 살덩어리야

나는 너와 함께
차갑고 아프고 그전에
조금 일광욕을 하려고

한없이 넓은 시간
보트를 타고
돌아올 수 없는 사람들이
어딘가에서 계속 살아가고
테이블을 천천히 두드리면 장작 타는 소리 같아

밥을 먹자

뜨겁고 차가운 음료들이

천천히 서로를 닮아 가는 동안

커피믹스 커피

잘, 살아왔는가
밤을 마셔 가면서
후룩 후룩 실패하면서
종이컵은 손 내밀 줄 몰라서
나는 온몸을 쥐어 든다
새까맣거나 갈색
불면은 그렇다
당신을 오해한다 혀가 닿아 있는 수면을 바라본다
잘
지내셨습니까
식사는 하셨습니까 저를 알아볼 수 있으십니까
죽는 사람들 뜨겁습니다 빨대가 있습니까 혀가 벗겨지도록
기호식품을 당신이라고 생각하고 즐겼습니다
내가 아닌 내가 등장하는 꿈을 꾼다
새가 가루처럼 흩어진다 남쪽으로
커피
조금이라도 더 따뜻하게
당신은 중앙에서 한 발짝을 움직이지 못한다
단단하고

나비가 입을 뻗어 보는 물 자국

가루는 녹아들고
소리치는 얼음
혀를 빼놓고
잉크를 엎지른다
더 남길 글자가 없었으므로
당신은 인민이므로

antiaging

좁은 주방에
식탁 하나 놓여 있고
아이는 아래에서 논다

거긴 지붕이야…… 얘들은 이 층에 살지요
하나 둘 하나 둘
가짜 접시와 가짜 음식
직장도 없이 퇴근

인형이 뒤뚱거린다
흔들리는 집

나는 때마다 세금을 내고
읽은 책 내용이 기억나지 않습니다

아이는 바닥에 누워 잔다
나를 닮은 혓바닥

저축이 있나요?
자가 주택입니까?

잃어버린 사람이 문밖을 서성거리는 기분
인형을 내려놓는다
누가 나를 버려두었다

공원에 눈부시게 핀 꽃들
심은 사람과 물 주는 사람
낡은 공이 트럭 아래에 박힌다

갈 곳 없어서 집으로 돌아간다

무기성(無記性)

바위
산
눈 내린다
올라가는 사람
헉헉거리며
살아 있다
나무
구름
너머 도시의 불빛

이대로?
이대로?

언 계곡
그 위의 별
바람종 소리
지친 사람
원통보전 열린 문
관음보살

눈 쌓인다
사람이 걸어가고
발자국이 남는다
다시 사라지고
다시 발자국이 남고

자는 뱀
사람
허물을 벗는 꿈

해설

아무것도 아닌 사람의 모든 것

이병국(시인·문학평론가)

사관으로서의 시인

전호석 시인의 첫 시집을 읽기 전에 마주한 문장, 「시인의 말」에 적힌 "나는 한적한 사관이고 버섯이 자라나는 그늘에 갇혀 있다"를 주목하지 않을 수 없다. '사관'이란 무엇인가. 아마도 역사를 기록하는 '史官'에 해당하는 것이 아닐까. 그러나 이때 기록되는 역사는 공적 역사라기보다는 내밀한 사적 역사, 즉 시인의 혹은 시적 주체가 지나온 흔적을 톺는 데로 귀결되는 것처럼 보인다. 어쩌면 일정한 비용을 내고 머무르는 곳을 의미하는 '舍館'이자 말을 전하는 '辭官'일 수도 있다. 시라는 장소에서 언어가 지닌 함의를 전하는 존재로서의 사관. 그러나 시인은 "버섯이 자라나는 그늘에 갇혀 있다". 빛이 들지 않아 눅눅하고 음침한, 어떤 피폐와 결락의 장소에 갇혀 "이미 죽은 사람들과 유명무실한 존재들/웅덩이가 넓어지고 덩굴이 담장을 덮어" 가는 것을 볼 따름이다. 죽음과 소외, 세계의 붕괴를 보고 기록하는 주체이자 장소인 시인은 그늘에 갇혀 자신이 기록한 것을 전하기가 녹록지 않다. 그럼에도 불구하고 시는 쓰이고 발화되어야 한다. 왜냐하면 시인은 "아무것도 아닌 사람"이자(「capital」) 그러한 "사람들의 총체"로서(「회랑 세계 염탐」) 존재의 맥락을 자신의 몸에 새겨 언어로 전해야 하는 사관이기 때문이다.

그렇다고 해서 시인이라는 존재가 시인이 아닌 사람들과 구분되는 별개의 주체는 아니다. 전호석 시인이 형상화하고 있는 시적 주체 역시 끊임없이 자신의 한계를 돌아보며 자신이 서 있는 자리를 살핀다. 시적 주체는 자신이 놓인 세계의 소리를 주의 깊게 듣고 눈에 보이는 것을 세심하게 관찰한다. 또한, 보이지 않는 것에 관해 질문하며 답을 구하고자 노력한다. 이는 전호석 시인이 세계를 대하는 겸손함이자 창작 동력이라고 할 수 있을 것이다. 내면을 견고히 다지고 그로부터 외연을 확장하기 위해서라도 이러한 시적 태도가 요구될 법하다. 이를 위해 필요한 것은 어쩌면 자신이 서 있는 곳에 대한 실감인지도 모르겠다. 다른 사람과 다르지 않은 '나'에 대한 실감. '내'가 단지 피투된 존재가 아니라 삶의 과정에서 굴절된 존재이며 구석의 존재임을, 세계와의 괴리와 어떤 결락에 의한 무지와 무력감의 존재라는 실존적 위기 속의 존재임을 응시할 필요가 있는 것이다. '나'의 근거지가 단단한 토대에 기초해 있지 않으며 그곳에서 '나'는 "찢어진 동공과 쉼 없이 움직이는 작은 앞발"을 지닌 채 "이불과 베개/사람 흔적"이라도 찾고자 "유령"처럼 흐르기만 하는 액체성의 존재론적 위기에 놓여 있다고 해도 말이다(「torso」). 이는 몸통만 남은 토르소의 처연함에 자신을 방치하고 비애의 감정에 매몰되어 스스로를 기만하는 일로부터 벗어나 자신을 새롭게 조각해 내는 일이자 "허물을 벗는 꿈"이며 다른 삶의 가능성이 여전히 우리에게 "살아 있다"고 다독이는 일이다(「무기성(無記性)」).

그런 점에서 전호석 시인의 시편들이 왜소화된 주체를 형상화하고 있다는 점은 의미심장하다. 다른 세계로의 도약은 단번에 성취될 무엇이 아니라 주체의 일상이 잠식된, 저 밑바닥의 사유로부터 도출되어야 할 것이기 때문이다. 바닥의 경험에의 통찰, 즉 자신의 결락을 직시하고 무지와 무력감을 감당하는 한편 그것을 버텨 내면서 자기 연민에 매몰되지 않도록 삶의 단면들을 천천히 어루만지는 과정이 요구된다. 그것이 비록 감추고 싶은 자신의 취약성에 기인한다고 해도 말이다. 전호석 시인은 동요하거나 머뭇거리는 대신 존재의 취약성을 언어화하여 기록하고 그것을 드러냄으로써 사관으로서의 시인으로 자신을 정립하고 이를 통해 시적 반향을 일으켜 삶의 다른 가능성을 모색하고 있다.

아무것도 아닌 존재의 응전 방식

전호석 시인의 첫 시집 『스콜』의 시계(視界)는 파편적으로 흩어진 세계와 나란히 놓인 시적 주체에게 가닿는다. 파편적 세계는 주체의 응집을 거부하며 현실적 생활로부터 괴리된 '나'를 발견하게 한다. '나'는 버려진 인형과 트럭 아래에 박힌 낡은 공처럼 갈 곳을 잃었으며(「antiaging」) "마른 세수/뽕짝 음악/물때 낀 유리창/너머 밥 먹는 사람들"을 건조하게 응시하고(「반투명」) 머리카락, 발톱, 털, 눈썹, 땀 등 자신이 "직조해 내는 물체들"을 "크고 작은 존재들"에게 내어준다(「공장」). '내' 몸에서 비롯되었으나 조각나 떨어진 신체는 그것을 자양분 삼아 자라는 쥐나 벌레, 유충의 몸으로 전이된다. 반투명한 유리 너머의 다른 사람들은 이러한 '나'의 처지에 관심을 두지 않고 각자의 세계에 머무른다. 서로 다른 삶의 층위는 '나'와 유리된 채로 단단하게 있다. 그들은 "기출문제집을 풀거나/회로도를 수정하거나/영어를 손글씨로 쓰"면서 구체적 미래를 꿈꾸며 "김수영의 시를 읽고/시 속에 숨겨진 자유를/감상과 분석을/키보드를 두드려 정리"하는 '나'와는 다른 세계에 산다(「중앙도서관」). 서로 다른 삶의 양태는 그것으로 의미 있는 조각들이겠지만, 그 조각들이 모여 구성하는 세계는 '나'를 포함하지 못한다. 그것은 자본주의 체제에 복무할 사람들만을 선별하기 때문이다. 체제에 포섭되지 못할 잉여는 체제 바깥, 세계 바깥의 파편으로 흩어진다. 그러니 "재활용도 힘든" 잉여적 존재인 '나'는 세계로부터 삭제되지 않기 위해 "돌이킬 줄 몰라야 하고/속여 먹을 줄 알아야" 하는 삶의 자세를 배워야만 한다. 그러나 그것을 공부해 본 적 없는 '나'는 "멋지게 파괴당할" 자격조차 얻을 수 없다.(「중앙도서관」)

낡는 것과 자라는 것 사이에서
나는 고민하고 있습니다 의자에 앉아서 벤치
죽은 나무로 만든 기호 위에서
사람들 이야기를 훔쳐 들었는데요
새 지저귀는 소리도 듣고
우는 사람의 하소연 같은 것들에 귀 기울여 보았습니다
분수 앞에서 고민하고
새파란 잎이 떨어져 있습니다
구름이 박힌 하늘은
움직이고 있을까요 무엇이
낡아 가는 것일까요 무엇이
우리를 자라나게 하나요
(중략)
가르침 같은 것이 필요하다고 나는 강박합니다
어깨에 묻은 새똥을 모르고
그런 것은 신경 쓰지도 않고
시간이 조금 더 있었으면
많이 달라지지 않았을까……
쉽게 말하고
사는 일은 어렵네요
지폐 한 장 얻기가 쉽지 않은데
세계는 풍요롭고
동상은 번들거려요
하늘에서 내리는 모든 낱알들을 눈이라고 불러 봅니다

내 몸을 조각하는
내 몸
당신은 혼돈이 아닙니다

—「학림」 부분

이 시의 '나'는 지나간 시대와 도래할 시간이 교차하는 지점에 있다. 그곳에서 '나'는 "분수 앞" "죽은 나무로 만든 기호"인 의자에 앉아 "사람들 이야기"와 "새 지저귀는 소리"에 귀 기울이고 "새파란 잎이 떨어"지고 "구름이 박힌 하늘"이 움직이는 모양을 보며 고민한다. 무엇을? '나'는 "무엇이/낡아 가는 것"인지, "무엇이/우리를 자라나게 하"는지를 묻지만, 답을 찾지 못한다. '내'가 할 수 있는 것이라곤 답을 찾지 못한 "마음 한곳에 사라지지 않는 겨울을 두고/눈사람을 만들고 녹"이는 일뿐이다. 차갑고 쓸쓸한 내면을 형상화하는 이 문장은 '나'의 누추하고 궁핍한 처지에 가닿는다. '나'는 "지폐 한 장 얻기가 쉽지 않"아 "사는 일은 어렵"기만 한데 "세계는 풍요롭"다. "자라는 것"이 그저 밝은 미래를 향해 상승하는 것에 있다면 "낡는 것"은 그 역에 해당할 것이라서, 풍요는 "자라는 것"에 대응하고 궁핍은 "낡는 것"에 대응한다고 볼 수도 있겠다. 손에 닿지 않는 풍요와 손에 쥔 궁핍 사이에서 '나'는 자신의 바깥을 훔쳐 듣고 보며 위축된 자신을 일으켜 줄 "가르침 같은 것이 필요"하다고 강박하지만 달라지는 것은 아무것도 없다는 것을 깨닫고야 만다. 그러나 주저앉아 있을 수만은 없어 위축된 삶에 문제 제기를 하듯 "내 몸을 조각하는/내 몸"의 가능성을 찾고자 한다.

작금의 상황에서 '내'가 감각하는 "음영"은 존재가 "입체"이기 때문에 비롯된 것이다. 다시 말해 그림자는 빛이 입체인 존재를 투과하지 못하기 때문에 생기는 것이라고 할 수 있겠다. 투과하지 못한다는 것은 존재가 빛을 흡수하기 때문이라서 그림자를 향한 시선을 반대로 돌리면 몸에 새겨진 빛을 바라볼 수 있다. 물론 이를 "특별하다고 믿"어서는 안 된다. 그러는 순간 "당신을 뻔하게 만들고/신기한 이야기를 찾을 수 없"게 되기 때문이다. 전호석 시인은 빛을 감각하기보다 그림자를 직시하고 그 부정의 의미를 어루만지려 한다. "우리를 자라나게 하"는 것은 빛이 아니라 빛의 부정으로서 존재하는 그림자와 마주하는 것이고 그림자로서의 삶이 지닌 밀도를 체감하는 데 있다. 빛은 "지폐 한 장"처럼 유혹적이지만 "돈은 밟아도 밟아도 돈"일 뿐(「capital」), 그것을 손에 쥔다고 해서 불안이 희망으로 바뀌거나 현재의 고통에 응전할 내적 성숙을 가져오지 않는다. 물론 자본주의 시대에 돈을 갖지 못한 존재는 "아무것도 아닌" 존재로 전락할 위험이 농후하다(「capital」). '아무것도 아닌 존재'는 편의점 앞 "플라스틱 탁자의 얼룩"으로(「팔판동」), 누구도 돌보지 않는 존재로 내몰려 사회가 요구하는 의미를 지니지 못한 채 불가피한 공허로 자리매김할 수도 있다. 이는 생존의 위기로 전유되어 '나'를 희미한 존재로 삶의 바깥에 놓이게 할지도 모른다.

나는 뭔가 한다

안 하면 뒤처지는 세상이라잖아

뭔가 하기만 하면 뭔가 한 것 같아서 마음이 놓여

그게 뭔지도 모르고

끊임없이 파도가 치는 동안

몰라도 되고

(중략)

뭐가 뭔지 알려면 뭐가 뭔지를 뭘로 알아야 하는데

뭐가 뭔지는 어떻게 알지?

파도친다 리듬에 맞춰 춤추는 손님들 해변의 보사노바 이뤄지지 않는 음악 모든 것을 흩어 놓는 음악 그것이 아름답다고 생각하는 음악 어떤 너머의 몸과 신음과 땀과 음악

게으른 음악?

나를 꼬집는 작은 앞발

뭔가 한다 하지 않는다

—「뭐야?」 부분

뒤처지지 않기 위해, 생존의 위기로 내몰리지 않기 위해 "나는 뭔가 한다". 뭔가가 "뭔지도 모르고" 한다. 뭐가 뭔지 무엇으로 알 수 있을까? 이 시의 시적 주체는 그것을 도통 알아낼 방도가 없다. 얼핏 무기력한 존재의 자조적 진술 같

아 보인다. 그러나 뭔가를 한다는 것은 자신이 살아 있다는 것, 세계에 속해 자신을 영위하고 있다는 것을 증명하는 일이기도 하다. 이는 주어진 자리에서 희미한 존재로 삶의 바깥에 놓인 '나'를 완전히 소진하면서 알 수 없는 어떤 잠재성을 길어 올리는 행위가 된다. 이 행위는 세계가 요구하는 바가 "이뤄지지 않는 음악"과 체제가 강제하는 "모든 것을 흩어 놓는 음악"을 타고 이루어진다. 일탈이자 사회적 규범 바깥에서 한껏 자유로울 수 있는 가능성을 모색하는 것이다. "그것이 아름답다고 생각하는 음악 어떤 너머의 몸과 신음과 땀"으로 뒤범벅된 '나'를 "게으른 음악"이라고 부른다고 하더라도 고통과 상처를 불러오지는 못할 것이다.

전호석 시인은 "리듬에 맞춰 춤추는" 것을 지극한 마음으로 긍정하지는 않는다. 무슨 이유일까. 이는 인용하지 않은 부분을 통해 알 수 있다. "모든 것을 다 해야 뒤처지지 않을까"라는 의문. 연애와 결혼, 일자리 등을 포기해야 하는 세대의 절망을 그저 음악에 맞춰 춤을 추는 일로 소진할 수 없다는 것을 시인은 외면하지 않는다. 그것은 삶의 조건을 바꿀 수 있는 근본적 해결책이 아님을 분명히 하는 것이리라. 다만, 문제의 해결이라는 층위에서만 삶의 서사를 구성한다면 그것은 정말 존재의 전락에 불과할지도 모른다. 그러니 시인은 그 "어떤 너머의 몸과 신음과 땀과 음악"을 감각하며 자신을 완전히 소진하고자 하는 것일 테다. 그 안에서 "밤새 살아 있"음을 그리고 '나'를 "스쳐 지나가는 것들은 스스로 잘 살 것이라" 믿을 수 있음을 자신에게 이르는 것은 아닐까(「피사체」).

납작해지기에 채울 수 있는

그럼에도 전호석 시인의 주체는 "봄이 오고 있는데요/저는 어디에서 멈춰야 합니까"라고 물으며 목적지를 알지 못한 채 배회하고 있다(「답신이 없어서」). "뻥 뚫린 구멍을 보면/나아질 줄 알았는데" 오히려 거미줄만 날릴 따름이다(「잔다리로」). 이 우울증적 주체가 지닌 마음의 공동(空洞)은 자신의 실체를 실감할 수 없게 한다. 거미줄에 매달린 것은 그 어떤 고정된 형태의 삶이 아닌 "허공을 내려치는/허공"일 따름이다(「다음 날 아무도 없는 폭포」). 주체는 "땅에 박힌 철근"처럼 단단하게 자신을 세우려고 노력하지만, "반은 허공에 놓여 있"다는 것을 안다(「끊,」). "어떤 형태로 넘어져도 우리는 이 자리에서 벗어날 수 없어"라는 자조적 발화가 비롯되는 것은 허공에 깃든 철근이 거미줄과 같이 취약한 지반에 있음을 감각하기 때문이다. 언제든 찢겨 나갈 것만 같은 거미줄의 불안은 "영원히 계속될 것 같"은 터널의 절망을 닮았다.(「긴 터널」) 시 「긴 터널」의 '우리'가 터널 속에서 마주한 표지판은 "오백 미터 앞에서 터널은 끝난다"고, 곧 "목적지에 닿게 된다"고 알려 주지만, '우리'는 시의 끝에서조차 터널을 통과하지 못한다. 시적 주체에게 주어진 시간은 벗어날 수 없는 터널의 시간이자 멈춰야 할 때를 알지 못하고 끊임없이 배회해야 겨우 거미줄의 형태라도 허용되는 부정의 시간이다.

그러나 거미줄의 형태를 무시할 수는 없다. 거미줄이 의미하는 연약함은 “콘크리트와 철근”이 강요하는 단단한 세계, 고착된 정체성으로부터 벗어나는 계기가 될 수도 있다. 급작스럽게 휘몰아치는 스콜에 저항하지 않고 “흠뻑 젖어” 그것에 동화되어 “가늠할 수 없는 세계를 탐험할” 수 있을지도 모르기 때문이다.(「스콜」) 취약하지만, 어디에서든 마주칠 수 있는, 강하게 직조된 생명력의 양태. 그런 점에서 전호석 시인이 형상화하는 왜소화된 주체의 내면은 위태롭지 않다.

버티는
힘
불을 쬐는 손바닥
차라리 몸이 없다면
손바닥 없이
허공에 남는 온기

—「역(力)」 부분

잎을 따며 생각해 보면 나는
포대가 내용물도 없이 홀로 서 있는 꼴이라고
풀썩 쓰러지면, 납작해지는
그리고 눈 같은 것에 뒤덮이면서
아무것도 아닌 것
그러나

아주 멀리 떠나도 결국 집으로 다시 돌아와야 한다

—「행신」 부분

시간이 지나면

나는 눈이 멀 거야

너의 얼굴도

우리가 내딛는 발의 방향도

볼 수 없게 되지

그게 무슨 상관이람?

(중략)

너는 이제 보니

멈춘 적 없이 회전하고 있다

살아 있다

우리는 탱탱한 피부와

가슴 뛰는 내일을 잃어버렸지만

찬장이 열리고

하얀 그릇들이 쏟아지고

녹은 사탕이

배수구로 빨려 들어가는 동안

우리는 밖으로 나가야지

—「또한 왈츠」 부분

"버티는/힘"이란 "숯이 하얗게/타들어 가"는 것과 같다고 말하는 「역(力)」의 구절에서 전호석 시인의 고투가 비친다. 부정된 존재로 자신을 감각하는 이의 비애일지도 모를 저 버팀 앞에서 "불을 쬐는 손바닥"을 바라보며 "차라리 몸이 없다면"이라고 스스로를 부정하는 마음이 무겁기만 하다. 몸이 없다면 내미는 손도, 그 손의 바닥도 없을 거라서 존재를 태워 발하는 온기를 허공에 온전히 남길 수도 있을 텐데. 그러나 우리는 안다, 손바닥을 따뜻하게 해 줄 온기는 시간이 지나면 흩어지게 될 것임을. 그 위상과 자취를 더듬는 것이 어쩌면 손바닥의 역할인지도 모른다. 그렇게 남은 온기를 언어로 기록하는 일이 시인이 복무해야 할 삶의 양태이기도 하다. 부정된 존재의 연소가 남긴 흔적을 흩어 내지 않고 언어로 새기는 일은 "몸이 없다면" 불가능한 일일 것이다. "손바닥 없이/허공에 남는 온기"는 마음의 공동만을 상기할 뿐, 그로부터 우리가 지니고 갈 무엇으로 전화하지 못한다. 중요한 것은 부정이 아니라 부정이 야기한 왜소화된 존재의 결락을 기록하는 것이며 좌절과 절망으로 안절부절못하는 주체의 자리를 재정립하는 것이다.

앞에서 언급한 바와 같이 "자라는 일은 어렵고/때때로 불미스러운 잎이 돋아"나기도 한다(「책과 동전」). 무엇이 자라는 일을 어렵게 하는지 딱 꼬집어 지시할 수는 없지만, 그것을 가로막는 세계에 의해 아름답지 못하고 추한 잎이 돋아나는 것을 부정하기도 어렵다. 그러나 아름답지 못한, 저 추한 잎은 세계의 부정에 저항하는 주체의 애씀이라고 볼 수 있다. "시간이 지나면/나는 눈이 멀 거야"라고 가정하는 주체는 그 애씀에 의해 "내딛는 발의 방향"을 볼 수 없을지도 모른다. 그러나 "그게 무슨 상관이람"이라고 털어 낼 수 있는 것은 "멈춘 적 없이 회전하"며 "살아 있다"는 사실을 온몸으로 감각하고 있기 때문이다. 그 살아 있음의 감각은 "탱탱한 피부와/가슴 뛰는 내일을 잃어버렸"다 할지라도 '나'를 둘러싼 세계의 사물들을 모두 다 쏟아 버리고 "밖으로 나"갈 수 있는 의지가 되어 주체를 충일한 삶으로 이끈다.

허나, 주체가 제자리를 찾아 충만한 형태를 갖추고 세계 안에 존재한다는 것이 그리 쉽지만은 않다. "포대가 내용물도 없이 홀로 서 있는 꼴"로 존재하는 '나'는 "풀썩 쓰러지면, 납작해지는" "아무것도 아닌 것"일 수 있기 때문이다. 이는 내용을 상실한 존재 자체라기보다 주체의 심리적 공동으로 말미암아 왜소화되었다고 여기는 마음의 문제일 수 있다. 물론 이러한 정동은 자본주의적 세계가 요구하는 바에 응답하지 못하는 존재로 스스로를 폄훼하는 데에서 오는 불가피한 것으로 지엽적 사고에 기반을 둔 것인지도 모른다. 그만큼 세계가 주체를 타자화하며 강제하는 바가 구조적으로 굳건하기 때문일 것이다. 밀려나고 소외된, 그래서 무력한 존재로 자신을 인식하는 삶의 양태는 자본주의 이데올로기에 저항하는 시인의 삶에 가닿는 것일 테다. 타자화된 주체의 자기 정립은 "풀썩 쓰러지면, 납작해지는" "아무것도 아닌 것"에 머무르는 데 있는 것이 아니라 그 아무것도 아님을 통해 어떤 것이든 될 수 있음으로, 납작해질 수 있기에 채울 수 있는 가능성으로 전유할 때 비로소 축조될 수 있다. "자신이 아무래도 대충 만들어진 인간이라는 생각을 버릴 수" 없더라도(「샤프심과 콘크리트……」) 세계를 향해 방아쇠를 당겨 도발할 수 있어야 하는 것이다. 비록 그것이 체제에 위기를 불러오지도 무엇도 바꾸지 못하고 모래바람 속으로 사라지기만 할 뿐이라도 말이다.

아무 사람의 윤리

전호석 시인이 표상하는 주체는 "불붙은 도화선처럼 해롱거렸고 끄트머리에 무엇이 달려 있을지도" 모르는 채 "부글부글" 끓고 있다(「수류탄」). 언제 터질지 모를 내면의 "균열은 보이지 않는 곳까지 이어"지더라도(「앞선 일행」) 그것이 환멸을 예비하는 데로 연결되지는 않는다. 전호석 시인은 끓는점에 도달한 주체에게 "참을 수 없어지면" "침묵 비슷한 이야기"를, 자신의 이야기를 하라고 한다(「선성(善性)」). 천성이 선한 시인은 세계를 향해 수류탄을 던지기보다 침묵 속에서 자신의 이야기를 들려주는 것을 택한다. "정면으로 마주치지 말 것/터진 마음을 추스를 것"이라고 다짐하면서 "아무 사람"으로서의 자신을 돌보고자 한다(「방울」). 이는 들뢰즈와 가타리가 말한 것처럼 생명 없는 백색 표면들, 빛나는 검은 구멍들, 공허와 권태를 지닌 거대한 판으로서의 자신의 얼굴을 바라보며 실패를 무릅쓰고 세계가 요구하는 것에 저항하는, 잉여적 존재의 윤리를 실천하는 것이라 말해도 좋을 것이다.

흐르는 것들은 흐르고 내리는 것들은 내리고 나는 있다

몸에 가득한 실금 나를 괴롭히는 일들은 이해의 바깥에서 벌어진다 이상한 냄새 거대한 가방 깨질 것들 바커스의 사제들 환승역 앞 광장

온몸에서 열매가 맺히기 시작한다 다음 장면을 위해 이 장면은 과거가 된다 나는 둘 곳 없는 나를 들고 다닌다

—「lecture」 부분

닫힐 수 없는 기억은 나풀거리고
쿵
나는 쓰러진 사람에게 다가간다
생각은 공기보다 가볍고 멈출 수가 없지만
몸을 움직인다 동선이 공간과 풍경을 자른다

—「모바일」 부분

"아무 사람"은 그 무엇도 아닌 사람이자 잉여적 존재이지만, 세계의 균열을 체현하며 틈새를 확장하는 부정태로서의 주체를 긍정하는 기제이다. 전호석 시인의 "아무 사람"이 왜소화된 주체의 비애나 환멸로 떨어지지 않는 이유가 여기에 있다. "흐르는 것들은 흐르고 내리는 것들은 내"린다. 그것은 현상일 따름이다. 현상을 응시하는 본질로서의 "나는 있다". '나'는 침범되지 않고 훼손되지 않는다. "몸에 가득한 실금"이 "나를 괴롭히는 일"은 "이해의 바깥에서 벌어"지는 일이라서 불안을 야기할지언정 주체를 붕괴

시키지는 못한다. 오히려 이러한 부정적 현상은 주체를 단단하게 하고 "온몸에서 열매가 맺히"게 하는 계기로 작용하며 "다음 장면을 위"한 토대가 된다. 그럼으로써 전호석 시인의 '나'는 무엇에든 고착되지 않는 "아무 사람"이 되어 매순간 유동하는 주체로 무한히 확장할 가능성을 획득하는 것이다.

또한 확장 가능성은 주체의 내면에 한정되기보다는 타자를 향한 구체적 행위를 타진하는 데에서 찾아볼 수 있다. "쓰러진 사람에게 다가"가 "다음 장면"을 생성하는 수행이야말로 전호석 시인이 희구하는 주체의 양태일 것이다. 비록 갈 곳 없고 누구에게도 인정받지 못하며 길 가장자리에서 얼룩 같은 구멍으로 존재하는 외롭고 쓸쓸한 '나'이더라도 "나는 당신을 책임지기로/당신은 나에게 책임져지기로 하"는 관계 맺음의 다짐은 '나'를 다른 위치, 다른 가능성의 자리에 서게 한다(「애연」). 그런 점에서 "아무 사람", "아무것도 아닌 사람"으로서 주체는 역설적으로 모든 것을 할 수 있고 될 수 있는 가능성으로서의 주체임이 분명하다. 그 가능성을 실체화하기 위해 필요한 과정이 존재의 취약함을 버텨 내는 일일 것이다. 전호석 시인이 형상화한 주체의 왜소함이 그러한 버팀을 가능성으로 전유하기 위해 한껏 몸을 웅크리고 있는 것처럼 보이는 이유도 여기에 있다. 그와 같이 자신에게 주어진 곤경을 솔직하게 마주하고 버텨 내어 그 응축된 힘으로 몸을 움직여 "공간과 풍경을 자"르며 나아가려는 도약에의 의지야말로 우리가 추구해야 할 삶의 윤리인지도 모르겠다. 전호석 시인의 저 가능성의 주체가 기록할 '다음 장면'은 어떤 모습일지 궁금하다.